好故事，一擊入魂！

八百擊

八百擊

好故事，一擊入魂！

道書
左

馬球案

戚建邦 著

馬球案

目錄

第一章　林中少女

金州城北二十里外有座漢陰山，乃是漢水支流發源地。該山林木茂密，終年大霧，既無廟宇，也無道觀，堪稱人跡罕至，便只山腳下有幾座小村落。近半年來，臨河的漢陰村在山裡陸續走丟三名孩童，弄得村民人心惶惶，都說鬧鬼。村長至金州城報官，衙門派人查探，發現不只漢陰村，圍著漢陰山腳下三個村落皆有孩童走失之事。衙門捕快組織村民，三度上山搜索，皆因霧大無功而返。第三次搜山時有村民不愼墜崖，下崖搜救又因地勢險惡，差點摔死幾人，之後他們便不敢貿然搜山。

衙門捕頭鄭瑤本是玄日宗三代弟子，屬長安分舵管轄。年前玄匪之亂，長安分舵讓宣武軍挑了，分舵弟子四下逃竄，鄭瑤便躲到金州近郊避難。之後玄匪之亂平反，玄日宗總壇大亂，誰當掌門都不知道。鄭瑤有鑑於跟著玄日宗前程堪慮，乾脆不回分舵報到，投身金州衙門，任捕快混口飯吃。他武功在三代弟子中算得上出類拔萃，入衙門不到半年便辦案有功，升為捕頭。

漢陰山孩童失蹤案越演越烈，刺史大人著令鄭瑤留駐漢陰村，務求盡速破案。鄭瑤耐不住壓力，只好送信聯絡長安分舵，望分舵派人協助辦案。等了近一個月，分舵沒派人來，反而等到了個總壇大人物。此人短短一年之間在武林中大大露臉，乃是二代弟子首徒，與前前任掌門之女趙言楓師伯並稱「玄日雙尊」的莊森莊大師伯。

鄭瑤從未見過總壇首腦人物，又怕對方追究他不回分舵之事，只好戰戰兢兢匯報案情。幸虧莊森平易近人，不擺架子，問明案情後便說要入山走走。

鄭瑤低頭道：「大師伯，天色已晚，濃霧不散，此時入山，只怕沒人敢跟。」

莊森點頭：「你帶盞燈籠，與我同去便是。此事毫無頭緒，誰知道山裡有些什麼？村民沒學過功夫，不必跟著上山。」

鄭瑤遲疑，但又不敢違逆大師伯，只好下去打點。片刻過後，他跟莊森在村口會合，同行入山。

莊森走了一會兒，問道：「這條山道通往何處？」

鄭瑤說：「回大師伯，此山偏僻，官道不修，這條路是村民上山砍柴打獵走出來的。路長一里，盡頭有間木屋，供村民休息。再過去就沒路了。」

莊森道：「鄭大人……」

鄭瑤惶恐：「大師伯怎麼這樣叫我呢？」

莊森笑：「我也大你不了幾歲。你老叫我大師伯，聽起來實在彆扭。反正你也不想重返師門，這樣吧，你叫我莊大哥，我叫你鄭兄弟。」見鄭瑤有話說，他又補一句：

「大師伯有命，你照做便是了。」

鄭瑤遲疑：「大……莊大哥，我不回師門……你不責罰嗎？」

「罰什麼？那是總壇司刑房的事。」莊森見他神色不定，便說：「五師伯新任掌門，打定主意要重振門風。從前玄日宗四萬門徒，開門吃飯就吃垮了，更別說龍蛇混雜，良莠不齊。這次正好趁著玄匪之亂精簡人事。掌門人下令讓各分舵重新造冊，半年內沒有回分舵回報的弟子，就當不回來了。鄭兄弟身在公門，都沒聽說江湖之事嗎？」

鄭瑤尷尬：「我怕師門責罰，這段時日一直避著江湖中人，也不敢亂打聽。」

「不怕。掌門人親口許諾，不會追究的。」

兩人走了片刻，鄭瑤問：「莊大哥，重新造冊，回去了多少人？」

莊森道：「我上個月初離開總壇，當時數目是九千七百八十六人。」

鄭瑤張口結舌。「玄匪之亂死了三萬多人？」

「沒。」莊森搖頭：「當初勦玄匪最起勁的只有河東軍和宣武軍。咱們受創最重的就是長安和太原分舵。據總壇司戶房估計，本宗死於玄匪之亂中的弟子，約莫五千四百多人。其他兩萬多人，有的跟四師伯和趙師弟出走，建立青囊山莊。其他人都跟鄭兄弟一樣，樹倒猢猻散，與本宗撇清關係。」

鄭瑤兩腿一軟，差點摔倒。

莊森伸手扶他，神色歉然。「我說話重了點，鄭兄弟不必在意。人少好處多，況且門徒近萬，依然是武林第一大門派。只要留下的都是眞正有心爲天下百姓出一份力的人，咱們能做的可比之前更多。」他見鄭瑤還在尷尬，又說：「公門之中好修行。鄭兄弟幫衙門辦事，也是爲百姓好。」

鄭瑤見莊森當眞沒有責怪之心，心裡安定些，便問：「莊大哥人在總壇，怎麼來管長安分舵的事？長安分舵主還是我師父劉大光嗎？」

莊森搖頭：「劉大光沒回來。由原副舵主上官明月接任舵主。」

鄭瑤長吁一聲：「上官師叔是好人。她主事，錯不了。」

「嗯，長安分舵弟子也都這麼說。」莊森突然嘆氣。「我這次到長安，是因爲六師伯身體不適，陪他老人家回浩然莊。想不到一回去，浩然莊給人燒了，莊裡的人也都死光了。衙門沒查出凶手，大理寺也說不清楚。唉，怕是朱全忠剿玄匪時一併剿了。」

鄭瑤說：「六太師伯始終不與長安分舵往來。我入門三年，從未見過他。」

「他承諾輔佐掌門人，此後不會再避玄日宗人。只不過他家給燒了，未必還會再住長安。」

兩人來到山中小屋。莊森說要進去看看。屋裡有簡陋家具、各式工具，可供上山村民剝皮切肉、煮食住宿。莊森四下瞧瞧，說道：「倒似有人住在裡面。」

「前一陣子搜山，我派衙門弟兄輪班住宿於此，夜間生火，盼能吸引迷路孩童。」鄭瑤打開水缸，舀了杯水。「莊大哥忙了一日，先喝點水。」

莊森拿著水杯，走出屋外。夜幕低垂，霧氣不散，莊森望向山林，視線不及遠。他沉吟片刻，說道：「師父說過，孩童出事，往往是熟人所為。或家中長輩，或街坊鄰居。」

鄭瑤道：「是。我親自查過了。過去半年內，三個村子共十二名孩童失蹤，並無共同熟人。」

莊森問：「漢陰山可有盜匪盤踞？」

「無。」

「高人隱居？」

「不曾聽說。」

「鄉野傳奇？」

鄭瑤沉吟片刻，說道：「案子拖得久了，閒言閒語自然少不了。枉死冤魂，成精狐仙，千年樹妖，什麼話都有人說。」

莊森皺眉：「有沒有人親眼見過什麼，不是瞎編胡說的？」

鄭瑤頭皮發麻，搖頭道：「莊大哥，天都快黑了，你要聽這個？」見莊森點頭，他深吸口氣，說道：「漢陰村獵戶王七上個月在山裡打獵，遇到個約莫十歲的女童，身穿破爛華服，似在山中許久。王七怕是走失孩童，立刻追了上去。結果那女童就在他眼前遁入霧中，轉眼不見蹤影。村民有人說他撞邪，有人說他胡扯。我怕又是有孩童迷路，於是找了兩名捕快，由王七帶路，入山搜索。一無所獲。」

莊森問：「後來還有人見到嗎？」

「後來沒有。」鄭瑤說。「山北若漁村的李阿大聽說此事，曾私下來找我，說他半年前在同一片林子裡也遇上過一個錦衣少女。當時孩童失蹤案尚未爆發，他也就沒跟人提起此事。他說……他說定是那少女當時死在山裡，陰魂不散，留在山中作祟，這才抓了那麼多孩童去。我見他口沫橫飛，怕他妖言惑眾，引發恐慌，便把他拉去金州關起來。」

「除此之外，再無線索？」

鄭瑤搖頭。「這也算不上什麼線索。多半是王七眼花，李阿大譁眾取寵。」

「那片林子，離此多遠？」

「不遠，往北半里。然則此去無路，天黑難行，不如咱們明日再來？」

莊森回屋內放下水杯，再度出門，說道：「若是鬼魅，白晝怕不好找。趁著天色尚未全黑，咱們入林瞧瞧。」

鄭瑤害怕，又不敢違逆大師伯，只好取火石點燃帶來的燈籠，又去小屋裡拿了支火把，領著莊森步入山林。他一開始只想盡快搜完，步伐急促，離莊森越來越遠，拉開三丈有餘。之後天色全黑，霧氣轉濃，他越來越怕，只好放慢腳步，等莊森來到身邊。兩人並肩而行，四周逐漸安靜，山林夜間的蟲鳴蛙叫受濃霧影響，彷彿發自遠方。

到得四周一片死寂，再也聽不見任何聲響後，鄭瑤輕聲說道：「到了。」

莊森四下打量，見是一片普通山林。樹木並不特別濃密，可供動物奔行，周遭有些巨石，適合獵戶埋伏，看來是片好獵場。他低聲問：「此地常有獵戶造訪？」

鄭瑤說：「這附近樹林空地多，離獵屋又近，平日會有孩童來此玩耍。孩童失蹤案爆發後，各村禁止孩童入山，這半年便只有獵戶會來。」

莊森問：「有孩子是在這裡失蹤的嗎？」

「村民不肯定，只說有可能。」

「走走。」莊森轉身便走。鄭瑤連忙跟上。

他們在林子裡繞行片刻，最後停在一面山壁之前。山壁直上直下，約莫二十丈高，崖頂有霧，看不真切。莊森抬頭凝望崖頂，往上一指，問道：「上面搜過嗎？」

鄭瑤搖頭：「莊大哥說笑了，這山壁光禿禿的，誰爬得上去？」

「我呀。」莊森說。他轉頭看了鄭瑤一眼，笑道：「普通人自然爬不上去，對輕功有點火候之人，卻也不難。」

鄭瑤皺眉：「莊大哥……大師伯，我輕功也有點火候了。這山壁我之前試過，爬到一半，再上去可就沒多少借力之處。我敢說我師父都上不去。」

「我是你師父的師兄呀。」莊森摩拳擦掌，躍躍欲試。

「就算莊大哥爬得上去，」鄭瑤勸道，「那些孩童又怎麼上得去呢？」

「上去看看再說。」莊森微微提氣，縱身而起，宛如飛鳥般拔高兩丈有餘，出腳在山壁上輕輕一點，再度躍起兩丈。點到第五下時，西側林地突然傳出啜泣聲。莊森身在空中，身形一轉，反身貼上山壁，如壁虎般牢牢掛在光禿禿的山壁上，凝神細看，側耳傾聽。鄭瑤也聽見啜泣聲，但他的眼睛只能盯著山壁上的大師伯，嘴巴開開，宛如痴呆。

莊森放鬆手腳，滑下山壁，輕輕巧巧落在鄭瑤身邊，說道：「林中有少女，咱們快去瞧瞧。」

鄭瑤被他拉著往西奔去，跑出十餘步後才說：「莊大哥神功蓋世，實在……實在……」

莊森笑：「可惜你離開師門了，不然多練幾年，你說不定也行。」

「這……」

莊森突然停步，站在一片林間空地邊，看著空地中央。鄭瑤順著他的目光看去，只見空地中有名白衣華服女童，約莫十歲左右，衣衫破爛，皮膚髒污，淚流滿面，楚楚可憐。鄭瑤本來怕鬼，如今親眼見著這個顯然是王七口中的林中少女，心中卻毫無恐懼之意，只有一股衝動想要上前安慰她，問她爲何哭泣。他高舉燈籠，迎上前去，在少女身邊跪倒，放下燈籠，輕聲道：「小妹妹，妳怎麼這麼晚了，獨自在山裡遊蕩？妳家大人呢？」

莊森來到兩人身邊，在鄭瑤身旁蹲下。

那少女不住哭泣，抬頭看向兩人，喘氣片刻，收斂啜泣，這才說道：「我爹爹不見啦！我找不到爹爹呀！兩位叔叔，你們有沒有看到我爹呀？」

鄭瑤伸手輕拍少女背心，安撫道：「小妹妹，別害怕。我是金州衙門的捕頭，我們都是好人。妳安全了，不用害怕。告訴叔叔，妳住在哪裡？妳爹上哪兒去了？」

少女搖頭哭道：「我爹不見啦！他叫我在樹林裡等他，然後就不回來啦！」說完嚎啕大哭。

莊森待她哭聲漸歇，說道：「小妹妹，妳家住哪裡？咱們先帶妳回家，等天亮了再找妳爹，好嗎？」

少女哭哭啼啼說道：「我家本來住在洛陽。我爹說帶我出門去找娘。找到這裡，就把我丟下啦！叔叔，我爹呢？我娘呢？你們有沒有看到他們？」

「妳爹叫什麼名字？妳叫什麼名字？」

少女道：「我爹叫燕建聲，我叫燕珍珍。」

莊森拉起鄭瑤，轉過身去，走開兩步，壓低聲音問道：「她是失蹤孩童之一嗎？」

鄭瑤搖頭：「不是，失蹤孩童中沒有姓燕的。這兩個名字我都沒聽過。」他轉頭問道：「燕小妹，妳爹叫妳在樹林裡等他，是多久前的事了？」

燕珍珍搖頭：「我不知道。我記不清楚了。」

鄭瑤看她一身破爛衣衫，又回頭對莊森道：「莊大哥，她衣衫破成這樣，只怕已在山中許多時日。王七是一個月前見到她的……」

燕珍珍突然說：「爹爹丟下我，起碼有十年了。」

莊森和鄭瑤先是一愣，隨即頭皮發麻。他們同時轉向燕珍珍，卻發現眼前空蕩蕩的，適才的林中少女完全失去蹤影。鄭瑤嚇得腿軟，當場摔倒。莊森左顧右盼，飛身上樹，四下打量樹林。霧比之前更濃，視野不出十丈，不見任何人影。

莊森落回地上，走到鄭瑤身邊，伸手扶他起來。鄭瑤戰戰兢兢，說道：「莊大哥……咱們……咱們下山了，好嗎？」

莊森說：「林中有少女，你不救她？」

鄭瑤顫道：「她哪裡是少女？她……她貌似十歲，卻讓她爹丟在山中十年。她定是……她定是……」

「是鬼？」莊森說。

鄭瑤撲通一聲，摔回地上，語帶哭音道：「大師伯……咱們下山了，好嗎？」

莊森見他嚇成這樣，帶著也是無用，便說：「你先下山，我再找找。」

鄭瑤遲疑，說道：「我、我……我怕……」

莊森又把他從地上拉起，說道：「你不敢自己下山，那就只好跟緊我了。」

鄭瑤見他轉身就走，怕他走遠，儘管腳軟還是立刻跟上。「莊大哥，有鬼呀！你還在這裡找什麼？」

「找失蹤孩童。」莊森往適才的山壁走去，邊走邊說：「燕珍珍是不是鬼，我不敢說。但那十幾個失蹤孩童多半跟這片林子脫不了關係。我得把他們找出來。」

「咱們可以先下山，明天再來找啊！金州城有茅山道士，專門捉妖伏魔……」

「就怕明天來不及了。」莊森來到山壁下，抬頭望著霧中崖頂。「不管燕珍珍是人是鬼，失蹤孩童若是她擄了去，等到明天絕不會還在原地。要找他們，只有今晚了。」說完正要躍起，卻被鄭瑤抓住。

鄭瑤神色緊張，說道：「莊大哥，你要把我丟在這裡？」

莊森拉開他的手，沉聲道：「我去去就回。」說完轉身躍起，跳得比之前更高，將近三丈。他腳點山壁，又是三丈。如此點到第四下時，西方林間傳來啜泣聲。莊森翻身貼壁，滑落地面，一看鄭瑤臉色蒼白，雙腳發抖，也不知道還能不能走。

莊森道：「林中有少女，我去瞧瞧。」

鄭瑤緩緩搖頭，慢慢道：「我跟你去。」說著一步一步地跟了上去。

兩人來到空地外緣，隱身一棵大樹之後打量空地。只見燕珍珍伏在適才同樣的地方哭泣哽咽，傷心難過，楚楚可憐。莊森跟鄭瑤對看一眼，戰戰兢兢，走了出去。來到距燕珍珍五步之外，莊森道：「小妹妹……」

燕珍珍抬起頭來，哭道：「我爹爹不見啦！我找不到爹爹呀！兩位叔叔，你們有沒有看到我爹呀？」瞧她神色語氣，似乎從未見過莊鄭二人。

莊森嚥口口水，問道：「妳爹爹不見多久了？」

燕珍珍說：「我不知道。我記不清楚了。」

莊森冷冷看她，等著她說她爹已丟下她十年。但燕珍珍只是哭泣，沒有說出恐怖言語，也沒有當場消失不見。

鄭瑤說：「莊……莊大哥……」他也吞口口水，鎮定心神，小聲道：「咱們瞪大眼睛瞧著，她就不消失了。」

莊森點頭：「咱們轉過身去試試。」

鄭瑤害怕：「你不怕她偷襲我們？」

「我就是要她偷襲我們。」

兩人默契已定，當即轉身背對燕珍珍。他們才一轉身，身後便傳來燕珍珍的聲音：

「我爹爹丟下我，起碼有十年了。」

莊森身體後傾，腦袋上揚，宛如長箭離弦而出，正好趕上燕珍珍以極快的身法退入濃霧。莊森冷冷一笑，身體轉正，朝燕珍珍退卻的方向追去，喝道：「裝神弄鬼，給我出來！」

霧中傳來陣陣哭聲，方位不定，如鬼似魅。莊森深吸口氣，排除雜念，辨明哭聲來源，迅速拉近距離。追出數十丈外，哭聲戛然而止。莊森繼續奔出數步，不見任何動靜，知道燕珍珍伏在附近，伺機而動。莊森雙手揹負身後，學師父裝出世外高人的模樣，好整以暇打量四周。

霧中傳出清脆童音，好似少女玩耍，說道：「小子何人？竟敢打擾本大仙清修。」

莊森笑道：「扮鬼不成，這會兒又來假扮大仙了？」

前方霧氣牽動，莊森右手一抄，抄下一把勢道凌厲的暗器。定睛一看，是枯葉。他勁灌指尖，將枯葉射了回去。霧中悶哼一聲，聽不出對方是否中葉。片刻過後，燕珍珍道：「本大仙隱居深山，修眞求道，又礙到你什麼事了？」

莊森道：「山腳村落半年內失蹤了十餘名孩童，請大仙指教。」

燕珍珍道：「那又有什麼好指教的，本大仙吸收眞元，採陰補陽，把他們都收了。」

莊森臉色一沉：「孩童死了？」

燕珍珍道：「他們助我得道，有功於天地，好過庸碌一生，毫無成就。」

「原來是妖孽。」莊森大怒。「妖孽，受死！」說完展開朝陽神掌，林間頓時掌風大作，順著他的掌勢翻飛，清開方圓五丈內的霧氣。燕珍珍本擬繞到莊森左側偷襲，這時形跡敗露，當即嬌喝一聲，疾撲而下，朝莊森左肩抓去。莊森沉肩微閃，橫掌隔開燕珍珍纖細手臂。燕珍珍空中翻身，小手掌推到莊森面前。莊森右掌上移，貼上對方手掌，運勁推出。燕珍珍向後飄開。莊森後退半步。

燕珍珍輕輕落地，皺起眉頭，喝道：「這是玄日宗的武功？」

莊森回想對方適才一股黏勁，先是驚訝，繼而嘆息，說道：「原來閣下曾求道於玄黃天尊？」

燕珍珍聽他提起玄黃天尊，神色恐懼中帶點得意，笑道：「跟著天尊他老人家求道可不敢說，本大仙機緣巧合，蒙他老人家指點過幾日大道。天尊向來不見外人，閣下既然知道他，自然也是同道中人？」

「妳可知道玄黃天尊已然駕鶴西歸？」

燕珍珍大驚：「什麼？」

莊森心下盤算，嘴裡說道：「妳功力尚淺，不能返老還童，可見是十歲起始習練大道神功。小小年紀，殺人如麻，說妳是妖孽還眞當之無愧。我問妳，妳今年幾歲了？」

燕珍珍毫不避諱：「二十五。」

莊森心裡一沉：「這些年來，妳吸過多少孩童？」

「不計其數。」

莊森心下激動，只想出手除妖。但他壓抑衝動，問道：「我只道玄黃天尊收過晉王府十三太保爲徒，沒聽說他另外還有學生。」

「晉王府凡夫俗子，十三太保都是天尊世俗間的徒弟。」燕珍珍語氣不屑。「天尊教我得道成仙，我才是他眞正的傳人。」

「好傳人，隨妳師父一起去吧。」莊森足下一點，欺身而上。

適才不知對方底細，見她年紀幼小，自然手下留情。此刻既知她受教於玄黃天尊，又是殺童如麻的大魔頭，莊森出手便不再容情。玄黃洞一役，莊森眼界已開到不能再開的地步。半年多來融會貫通，此刻他的武功早已不是一年前剛出道時能夠比擬。他欺到燕珍珍面前，中掌直劈，以猛烈火勁封住燕珍珍所有退路。燕珍珍武功妖異，身法詭譎，但內功修爲不是莊森對手。此刻她避無可避，只好出掌硬拚。一掌對過之後，燕珍珍手臂軟垂，屈膝倒地，口冒白氣，奄奄一息。

莊森低頭看她，說道：「我若殺妳，沒得落個弑童罪名。今日廢妳道行，算便宜妳了。」見鄭瑤畏畏縮縮，慢慢走來，他轉頭說道：「把她綁起來，帶到山壁下等我。」

鄭瑤問：「莊大哥，她……她……」

「她經脈俱傷，已成廢人，綁起來便是了。」

莊森回到山壁前，幾個起落，登上崖頂，見一山洞，洞口無門，垂了幾條樹籐充當門簾，旁邊豎了塊大石，淺淺刻著「燕子洞」三個大字，那「燕」字還多了一撇，是錯別字。他點燃火把，矮身入洞，搜出了十幾具孩童屍骨，外加幾張殘破書頁。他坐在崖邊，細讀書頁，知道是大道神功的斷簡殘篇。

莊森尋思：「當日在玄黃洞中沒有搜出玄黃天尊那套《左道書》，一直是我和師父他們心頭上的疙瘩。如此看來，《左道書》畢竟還是流傳出去了。燕珍珍手中只有掐頭去尾的大道神功，她練了十年竟然沒有走火入魔，只能算她好狗運。話說回來，這套功夫原本就是走火入魔的練法，如今她武功全廢，正是走火入魔的下場。」

他上下山壁十餘趟，將所有屍首搬到崖底。他跟鄭瑤綁了燕珍珍，回獵屋休息一晚。第二天早上回村裡找了幫手，將所有屍首運回去。鄭瑤派人通知各村村民前來認屍，又再忙了一整天。直到第三天早上，鄭瑤才帶齊手下，跟莊森一起押解燕珍珍回金州衙門。

第二章　接案

一路無話，莊森等人於傍晚前抵達金州衙門。鄭瑤請莊森在客堂稍坐，先去處理入監事宜。衙役才幫莊森端上茶水，鄭瑤又跑了回來，說道：「莊大哥，衙門裡有人在等你。」

莊森一愣：「誰會在衙門裡等我？」

鄭瑤遞上拜帖：「聽說是宰相府的人。我們刺史大人正在大堂陪他說話。大人叫我來請莊大哥過去一聚。」

莊森翻開拜帖，來人名叫崔均，是宰相崔胤府上的總管，曾在長安大客棧中拜會過莊森。想起當日一會，崔均代崔胤請莊森入晉王府救助太子。他晉王府是去過了，太子卻沒見到。逃出太原後，他又一直忙著重振玄日宗之事，壓根就沒把太子放在心上。直到此刻見到崔均拜帖，此事才又浮上心頭。他心想：「當今形勢，太子的下落都已變得無關緊要了。唉，倘若崔均重提此事，我要不要再探晉王府？」他心煩意亂，雅不願去見崔均。但對方明擺著知道他在這裡，說不見可不是道理。他長嘆一聲，隨鄭瑤出去。

大堂中擺有一桌酒席，席上坐了三人。一番介紹後，知道是金州刺史楚正邦，宰相府總管崔均，及大理寺卿董軍。楚正邦請莊森和鄭瑤一起入席，笑容諂媚，直讚莊森：「莊大俠眞了不起！漢陰山孩童走失案，咱們辦了幾個月都沒有頭緒，莊大俠才來幾天，就把案子破了！眞奇才！眞神探呀！」

莊森謙虛：「楚大人別這麼說。這次破案，鄭捕頭出力甚多，絕非在下一人之功。」

楚正邦大笑：「當然，當然！鄭捕頭辛苦，那是沒話說的。聽說莊大俠是鄭捕頭的大師伯。咱們刺史衙門得此人才，也是莊大俠的功勞呀！哈哈哈！」

莊森陪笑幾聲，轉向崔均，問道：「崔總管怎知莊某人在金州？」

崔均道：「是孫六俠告訴我的。」

莊森皺眉：「我六師伯叫你來找我？」既是孫可翰轉介，事情肯定棘手。不然，叫崔均去找長安分舵便是，何必要他跑來金州。

「是。」崔均憂形於色。「這次崔大人大難臨頭，請莊大俠一定要救救他。」

莊森臉色爲難。梁棧生執掌玄日宗，定下第一道規矩就是只管百姓福祉，不涉藩鎭鬥爭。崔胤是當朝宰相，並非掌握兵權的節度使，但能令他大難臨頭的人都是。此事既與崔胤有關，只怕很難不牽扯權力鬥爭。但若有違掌門人定下的宗旨，孫可翰也不會轉介崔均來。莊森嘆了口氣，說道：「有什麼事，先說來聽聽。」

「莊大俠可聽說過寧遠軍節度使朱友倫會賓打球，墜馬而亡之事？」

莊森點頭：「打馬球打到摔死也算很了不起了。上個月長安城裡人人都在談論此事。」

崔均問：「莊大俠可知那朱友倫是何許人？」

「他是朱全忠的愛侄。朱全忠返回汴州後，梁王府在長安的勢力就以他為尊。」莊森說著神色凝重，問道：「朱全忠趁機惹事？」

「也不知道梁王是眞愛侄兒，還是借題發揮。」崔均道，「總之他自汴州發兵七萬，直奔長安。皇上不知他有何用意，擔心受怕，想要出走太原，梁王的部隊卻擋在中間。」

莊森訝異：「我離開長安不過十日，竟然出了這等大事？」

崔均續道：「崔大人遣使梁王，請他撤兵。梁王不知為何，竟因此認定朱友倫是崔大人陰謀殺害，奏請皇上罷相，誅殺崔大人。皇上不肯，梁王大怒。此刻由朱友諒率軍，圍城長安，逼皇上交出崔大人。」

楚正邦瞪大眼睛：「這還有王法嗎？」

眾人看向楚正邦，奇怪他竟還有此一問。楚正邦搖頭嘆氣，說道：「朱全忠想怎麼樣，便怎麼樣。天下都沒人治得了他了。」

崔均道：「京兆尹鄭元規大人出面幫崔大人求情，拜託梁王寬限時日，讓官府調查此案。朱友諒說只能查到月底，倘若月底之前沒有交代，他就要親上宰相府，處死崔大人。」

大理寺卿董軍一掌拍在桌上，飯菜都跳了起來。崔均安撫道：「董大人，多氣無益。」

董軍咬牙切齒，說道：「查什麼案？證人都讓他殺光了，還能怎麼查案？」

莊森問：「怎麼又殺證人了？」

崔均道：「朱全忠遷怒當日陪朱友倫打球的賓客，說要把他們全數抓來殺光。董大人上梁王府提問證人，發現當日有下場比賽的家臣都已斬了。」

「自己人也斬？」莊森搖頭，「敵隊的賓客呢？」

「參賽者共有七人，其中兩人已死。有三人躲在京兆尹衙門裡，也不知道鄭大人護得了他們多久。剩下兩人……身分不明。」

莊森揚眉：「身分不明？梁王府能人異士眾多，出入盤查甚嚴，豈會讓朱友倫跟不認識的人打球。他們知道對方是誰，只是不告訴你罷了。」

「不告訴我，必有隱情。」董軍說。「當初在場觀眾，都收了梁王府的封口費。大理寺沒錢，開不了他們的口，但我終究還是查出了其中一人五官輪廓甚深，乃是番邦胡人。」

莊森轉向董軍，問道：「我適才便想問了。大理寺不是裁撤了嗎，怎麼董大人還在辦案？」

董軍神色尷尬，崔均代他回答：「董大人乃當朝神探，藝高膽大。這次事關崔大人性命，皇上……力保不了崔大人，唯一能做的就是全力查案，盡快證明崔大人無辜。爲此，董大人官復原職，持皇上手諭，查案期間得調動地方衙門，便宜行事。」

莊森道：「崔大人得董大人相助，定能度此難關。」

董軍一拱手，說道：「莊大俠，此案時間緊迫，很多方面……不能照規矩來。董某查案是有本事的，功夫卻不到家，只盼莊大俠能出手相助。」

莊森笑道：「董大人是要莊某當打手來著？」

「絕非如此！」董軍忙道。「如今大理寺卿淪爲虛銜，本官手下全無可用之人。京兆府的衙門捕快武藝低微，應付不了一般江湖好手。本官要查此案，非得找人幫忙不可。」

「遇上了什麼麻煩，你就說吧。」

董軍與崔均對看一眼，說道：「此案尚在偵辦，其中內情，不便對外透露……」

莊森點頭：「長安城人人都說朱友倫是意外墜馬。董大人不想外界有其他聯想。」

崔均道：「若能證實眞是意外，對崔大人就太好了。倘若當眞不是意外，崔大人要脫罪，也得讓外界相信是意外才行。」

莊森問：「不是意外？」

董軍道：「是不是意外，此刻言之過早。朱友倫是沙場老將，騎在馬上比走路還穩，照說不會無端墜馬。是以本官辦案，便朝他可能遭人下藥設想。朱友倫已然下葬，梁王府爲求體面，不肯挖棺驗屍，但當初下葬前，仵作曾簡單檢驗，並無中毒跡象。」

莊森道：「有很多毒，一般仵作驗不出來。」

董軍點頭：「朱友倫開飯，必定有人專事試食，以防飯菜有毒。這個試食師在事發後就跑了。」

「喔？」莊森思索片刻。「朱全忠胡亂遷怒，株連家臣，我要是試食師，也是非跑不可的。」

「這點我也想過。」董軍說。「然則別人跑也就罷了，試食師跑，就是有嫌疑。事有湊巧，本官此行金州，原是爲了追查此人下落而來。想不到在刺史衙門中巧遇崔總管，這會兒又遇上了莊大俠。還請大俠幫忙，隨我去拿了試食師。」

「什麼來頭，這麼厲害？」

「此人名叫成易詳，是巫州天仙門的藥師。武功不算高明，輕功卻很厲害，又擅用藥。我追他幾天，讓他跑了兩次。前晚在金州城外中了他的麻針，我左手到現在還使不上力。」

莊森起身坐到董軍左側，拉起他左臂推宮活血，邊推邊道：「我跟天仙門打過交道，印象不差。已故門主常道散人武功高強，但似乎沒把高深功夫傳給門徒。這個成易詳若有學過常道散人的武功，董大人要對付他確實不易。」他握住董軍手肘一推一拿，董軍只覺得左手手臂暖烘烘的，中針的痠麻感當場消失。

董軍扭轉手臂，神情佩服。「莊大俠武功高強，佩服佩服。」

莊森問：「那成易詳此刻身在何處？」

楚正邦道：「適才捕快來報，他投宿在城東天香客棧。」

莊森點頭道：「玄日宗如今立場是只問民生，不論朝政。此事我可低調幫忙，但對外出面，可都是大理寺的事情。」

董軍與崔均齊聲道：「多謝莊大俠。」

莊森轉向崔均，若有深意：「崔總管，我就一個問題。朱友倫不是崔大人指使殺的吧？」

崔均連忙搖手，氣急敗壞：「不是！不是！當然不是！」

「如果是，他會讓你知道嗎？」

崔均張口結舌，答不出來。

莊森回到原位，舉起斟好的酒杯。所有人跟著舉杯，朝他敬酒。眾人乾了一杯。莊森放下酒杯，輕聲道：「不知爲何，我心裡有股山雨欲來之感。」

崔均嘆氣道：「莊大俠，我覺得山雨欲來很久了。」

□

鄭瑤帶領五名捕快，隨莊森及董軍來到天香客棧。其時天色已黑，華燈初上，天香客棧位於客棧大街街尾，附近是人來人往，但當眞逛到客棧門外的人卻不多。莊森請鄭瑤分派捕快，守住客棧前後側門，自己跟董軍進入客棧。

董軍拿出腰牌，往客棧櫃台上一放，說道：「掌櫃，大理寺查案。住客簿拿來看看。」

掌櫃一翻眼：「大理寺？大理寺不是裁了嗎？」

董軍大怒，就要發飆。莊森把他拉住，使個眼色，要門口的鄭瑤進來。董軍氣呼呼地怨道：「莊大俠，你評評理。從前哪個見到大理寺腰牌不嚇得戰戰兢兢？現在竟然連個客棧掌櫃都給我臉色……」

鄭瑤取出刺史衙門腰牌，連帶腰刀一併放上櫃台，說道：「衙門辦案。住客簿拿出來。」

掌櫃鞠躬哈腰：「原來是鄭捕頭！您老來了，說一聲便是，何必亮刀子呢？」說著反過櫃台上的住客簿，推到鄭瑤面前。

鄭瑤將簿子遞給董軍，恭敬道：「董大人，請過目。」跟著轉向掌櫃，說道：「這位是大理寺卿董大人。他要查的案子，就是刺史大人要查的案子。你給我好好伺候著。」

掌櫃連連鞠躬，忙賠不是。董軍原是近年積下來的悶氣，不是眞的在氣掌櫃，於是不再追究。他翻閱住客簿，不見成易詳，知道他化名入住，於是詢問掌櫃。

「矮胖，四十來歲年紀，蓄鬚，商人打扮，身上有股藥味。」

掌櫃一拍手掌，說道：「天字三號房。這傢伙一看就不是好人……」

董軍問：「人在嗎？」

掌櫃點點頭：「在。」

董軍點頭，朝莊森使個眼色，兩人一起上樓。來到天字三號房外，兩人分站房門兩側。董軍伸手敲門，說道：「客官，要換茶水嗎？」

門內簌簌兩聲，兩支針灸金針透門而出，打在對面牆上。董軍斜腳踢開房門，著地滾入。莊森隨即入房，只見窗戶大開，窗扉晃動。他倆同時搶到窗邊，看見一個黑衣胖子落在後巷，朝巷口奔去。巷口捕快大聲呼喝，拔刀迎上。

董軍一腳跨上窗沿，打算跳窗去追，卻被莊森攔下。董軍急道：「莊大俠，捕快攔不住他的。」

莊森道：「他換上夜行衣，出門有所圖。咱們隨後跟蹤，且看他忙些什麼。」

董軍面有難色。「他輕功高強，耳力絕佳，我怕跟不了他。」

「不怕。我跟他，你跟我便是。」

成易詳擊倒捕快，轉過小巷，往僻靜處跑。莊森躍出窗外，落在對面房舍牆上，輕輕踏步，上了屋頂，悄悄往成易詳離去的方向跟去。董軍輕功不成，無法屋頂追人，只好跳到後巷裡，盯著莊森的身影追。

成易詳逃出半里之外，見無人跟蹤，步伐也就慢了下來。他身穿夜行黑衣，不便走在大街上引人側目，於是專挑陰暗小巷走。莊森踏瓦無聲，融入黑影，若非細看，根本瞧不見他。董軍盯著屋頂，幾度撞牆撞人，總算沒有跟丟。

又再行出半里，來到一戶民宅。占地不大，但有院有牆，屋主顯然是個財主。成易詳翻牆入內，避開燈火，往內堂而去。莊森伏在牆頭，傾聽動靜。片刻後，董軍、鄭瑤雙雙趕到。莊森下牆，右手抓住董軍，左手輕提鄭瑤，縱身躍起，三人輕輕巧巧落在院子裡。

莊森領頭往內堂而去，輕聲說道：「屋大人少。僕役三人，都在前廳。屋主獨居，人在後堂。」

鄭瑤道：「這是濟世堂許榮許大夫家。許大夫醫術高明，楚大人都是找他看病。」

莊森點頭：「你去前廳把風。我與董大人去後面瞧瞧。」

後堂便只一個房間有點燈火。兩人躡手躡腳走近，只見房門緊閉，屋內隱約傳來人聲。這時鄭瑤由後跟來，在莊森耳邊道：「莊大哥，僕役都被迷煙迷倒了。」

莊森揚眉：「此人擅長使毒，小心在意。」

鄭瑤往外一比：「我繞去後面，守住窗口。」

莊森跟董軍來到門外，傾聽門內聲響。

門內有人道：「易大哥，有話好說，何必這樣對待兄弟呢？」

「你還有臉跟我稱兄道弟？」易成詳說。「你明知我在梁王府試食，竟然還把『小清煙』賣給對頭來對付我家主人。你這不是擺明害我嗎？」

許榮道：「我對天發誓，眞不知道人家買小清煙是要對付梁王府！易大哥知道我膽子最小了，哪裡敢招惹梁王府呢？」

易成詳喝道：「小清煙無色無味，死因難查，老師說過是最陰損的毒藥，若不查明用途，絕不輕易出售。你敢說你賣藥前沒查過對方身分？」

許榮支支吾吾，說道：「那個……買家出價甚高，小弟也就……睜一隻眼，閉一隻眼了……」

易成詳大怒：「你都不把老師的話放在心上了？」

許榮嘆道：「老師都過世啦。他老人家懸壺一生，最後又留下些什麼？他被巫山鄉親罵是淫賊呀！這年頭，什麼都是假的，有錢才是眞的。我賣一帖小清煙，可保十年不愁吃穿。你說說，我有什麼道理不賣？」

「死了人啊！」

「天下哪天不死人？」許榮問。「我這些年救過多少人？就算是一百個抵一個也說得過去吧？」

「你道只死一個人嗎？」易成詳聲色俱厲。「朱友倫死，梁王震怒，光是長安梁王府裡就有十幾個人遭受株連。如今梁王發兵七萬，封鎖長安，只要出點差錯，一人抵一人你也抵不完啊！」

許榮害怕，語氣顫抖：「眞……竟……我……我不是故意的。」

「不是故意就行了嗎？」易成詳道。「你濟世堂名聲響亮，大家都說許大夫仁心仁術，是好醫生。我……我這做哥哥的，心裡好痛，你知道嗎？」

許榮抖得厲害，口吃問道：「易大哥……你想怎樣？」

「我想怎樣？」易成詳語氣哀傷。「我要幫老師清理門戶。」

莊森握緊拳頭，擊碎房門，木屑噴向易成詳。易成詳見機甚快，抓起許榮，側躍閃開。他退到牆邊，將許榮擋在身前，右手扣住許榮頸部，左手平舉前伸，對準門口莊森，顯然袖中藏有袖箭之類的機關。

易成詳不識得來人，說道：「梁王府動作好快，短短幾日就找到我……」一見董軍出現在門外，改口道：「好哇，董大人。我就奇怪，大理寺都裁了，你竟還來辦案。原來你早就被梁王府收買了。」

「你胡說八道什麼？」董軍罵道。

易成詳冷笑：「你抓不到我，自然去找梁王府調派高手。」他轉向莊森。「梁王府高手如雲，食客眾多，不知道這位兄弟如何稱呼？」

莊森正要答話，突見易成詳手中的許榮神色有異，目光呆滯，眼瞼低垂，暈死過去。董軍步伐虛浮，側身翻倒，莊森連忙出手攙扶。他輕輕放下董軍，望著易成詳道：「原來天仙門有這麼多無色無味的藥物。一般人遇上，可得遭殃。」

易成詳本來神色得意，一看莊森絲毫不受迷藥影響，登時慌了。他袖箭對準莊森，喝道：「閣下究竟何人？為何……為何……」

「玄日宗莊森。」

玄匪亂後，玄日宗清理門戶，重振聲威，莊森成爲武林第一大派中的首腦人物，名聲早已傳遍江湖。易成詳大驚失色，手一抖誤發袖箭。莊森反手彈指，袖箭噹的一聲，反射而出，打爛易成詳手腕上的機關。易成詳吃痛，丟下許榮，轉身奔向窗口。還沒奔出兩步，身體騰空而起，整個人讓莊森提在手裡。他右腳鞋尖冒出短刃，踢向莊森。莊森兩指一掐，捏斷短刃，拿到臉前聞了聞，知道還是痲藥。他拿短刃在易成詳手上一劃，順手把他拋到一張椅子上。痲藥厲害，易成詳立即癱在椅子上，動彈不得。

「姓莊……莊……莊大俠……」易成詳結結巴巴，一時間不知該如何稱呼莊森。

莊森扶起董軍，灌功驅退藥效，讓他坐在易成詳對面，接著又提起許榮，以同樣的手法救醒，提到易成詳身旁並肩而坐。

莊森拍拍易成詳臉頰，說道：「我見你來來去去都是痲藥，沒有使毒害人，姑且當你本性不壞。董大人問你什麼，你就老老實實回答。若有絲毫隱瞞，我們玄日宗的藥物，可不比天仙門差。」

易成詳問：「莊大俠，你沒加盟梁王府吧？」

莊森搖頭：「之前梁王府把薛震武前輩之死賴在我頭上，後來就沒再找我加盟了。」

「那……」易成詳望向董軍。「董大人眞是爲了查案而來？」

董軍尙在頭昏，邊揉太陽穴邊說：「梁王把朱友倫之死賴在崔胤大人頭上，威脅皇上月底前交人。若不盡快破案，長安會死很多人。」

易成詳不再遲疑，抬頭道：「朱大人一死，我立刻知道不妙。當天晚上，我就偷偷驗屍。確認朱大人死於劇毒後，我馬上逃出梁王府。」

董軍說：「無色無味，殺人於無形的毒藥可不只有你們天仙門的小清煙。」

「我驗起來像，」易成詳說。「又知道金州就有人能製此藥，是以決定來查問看看。想不到一問之下，果然沒錯。」

董軍問：「你查案是爲了自保？還是要幫朱友倫報仇？」

「一來爲解心中疑惑，」易成詳說，「二來是爲了幫我自己報仇。」

眾人全都看他。

易成詳嘆：「那藥混在湯裡，我負責試食，自然也喝過了，卻沒驗出小清煙，是我自己無能，怪不了別人。可惜朱大人因我無能而喪命，我萬死難辭其咎。」

許榮哭道：「易大哥……我、我不知道……我眞的不知道買家是要不利於梁王府……」

「你該知道的。」易成詳說。

莊森拉起易成詳左手，爲其把脈，片刻後道：「你的毒已經散入五臟六腑。劑量不重，但卻難以拔除。你們自己的小清煙，難道沒有解藥嗎？」

「解藥服了，但卻無用。」易成詳說。「買家在小清煙裡加了別的東西。」

「這麼說買家也是用毒高手？」

易成詳說：「我不知道他加了什麼。」

莊森放開易成詳手腕，說道：「此案緊急，我沒辦法幫你治毒。從你脈象來看，尚有半月可活。你若能在死前趕到荊州青囊山莊，求我四師伯看診，說不定還有一線生機。」

易成詳問：「聽說玉面華佗崔女俠跟玄日宗鬧翻，帶兒子出走另創青囊山莊。她……會賣莊大俠面子嗎？」

「你別提我名字不就得了？」莊森說。「況且我師伯醫者仁心，不會見死不救的。」

說完向董軍使個眼色。

董軍轉向許榮。「許大夫，小清煙的買家是誰？」

「是……是個胡人……」

「哪裡來的胡人？吐番？大食？還是波斯人？」

「這……我不會分。」

「穿著打扮呢？」

「唐人打扮。」

「是男是女？多大歲數？長相特徵？」董軍不耐煩。「你身爲醫生，總能說出個所以然吧？」

許榮害怕，顫抖道：「他……是男的，留大鬍子，看不出歲數……約莫……這個……三十到五十之間。他長相嘛……大……大人明鑑，胡人在我眼中都長一個樣……」

「沒半點用處！」董軍怒道。「如此劇毒，你不可能見人就賣。誰介紹他來找你的？」

「是……是……長安藥局的七掌櫃。」

董軍倒抽一口涼氣。

莊森一看他那樣，便知沒好事。他嘆口氣，無奈問道：「這七掌櫃又是什麼人呀？」

董軍道：「莊大俠不是長安人，對長安地方幫派不太瞭解。」

莊森瞪大雙眼：「長安藥局是個幫派？」

「倒也不是。」董軍解釋。「長安藥局是長安最大的藥局，生意做大，涉獵的方面就多，自然也會有……上不了檯面的東西。」

「七掌櫃就是幹這個的？」

「七掌櫃是幹高貴生意的，身分地位不夠的人還見不到他。」

莊森垂頭片刻，抬頭問：「他專接官府生意？」

董軍點頭：「六部主官、宰相府、京兆府、內寺省……長安城裡的高官要用什麼藥物，就會跟他接頭。」

莊森瞧著他：「這些事情，大理寺都知道？」

董軍尷尬：「大理寺後期狀況不好，大家都在想辦法弄錢。有個少卿想從七掌櫃那邊下手，弄點高官見不得光的證據，說不定就能勒索點錢來花，或動用關係逼人力保大理寺。」

「結果呢？」

「牽一髮動全身，完全不能辦。」

莊森側頭，讓董軍跟他到門外，輕聲問道：「你有崔胤直接跟七掌櫃打交道的證據？」

「沒有。」董軍搖頭。「但崔大人若真要幹骯髒事，不會親自出手的。」

「依你看，崔大人會幹骯髒事嗎？」

事。」

董軍沉吟片刻，說道：「長安官場太亂，諸位大人為求自保，多少都得幹點骯髒事。」

「胡亂推測也不是辦法。」莊森回頭，望向屋內。「這兩人如何處置？」

董軍道：「易成詳身中劇毒，倘若收押，必死無疑，本官就不追究他拒捕和毆打朝廷命官之事了。至於許榮，販售毒藥，致人死亡，抓回金州衙門等候發落。」

他們讓鄭瑤處理收押許榮之事，隨即離開許府。

莊森邊走邊道：「董大人明日回長安嗎？」

董軍搖頭：「事態緊急，等不了明日。我回刺史衙門拿點東西就要出城。」

「牽兩匹馬，半個時辰後北城門見。」

董軍揚眉：「莊大俠願隨我回長安辦案？」

莊森道：「時間匆促，必須分頭行事。回長安後，你想辦法找出七掌櫃，我看能不能查出那個胡人身分。」

董軍大喜：「有莊大俠相助，必能迅速破案。」

兩人分開。莊森緩緩朝城北走去。

這一去長安，天知道要忙多久，下次再想閒適散步，也不知道要等到何時。他邊走邊想：「要找胡人，得先找個胡人來問問。入長安後，我就先去找拜月教。不知月虧眞人是否還待在粱王府？粱王府賴我殺了薛老前輩，我可不方便直接上門找人。唉，要是盈兒在就好了。」

他路過一間藥局，掌櫃的正在關門。莊森見門內燈火未熄，突然心念一轉，上前問道：「掌櫃的，關門了嗎？跟你抓帖藥，行不行？」

莊森向掌櫃借用紙筆，寫下一張藥方，請掌櫃抓藥。他心想：「易成詳毒入五內，難保能否撐到荊州。這帖藥培元養氣，當可續他七日之命。只不過光是煮藥便得耗上一日。他自己也是學醫之人，所謂醫者相輕，他未必信我醫術高明。無所謂，命是他的，信不信由他。我能幫多少，便幫多少了。」

他取藥付錢，轉往天香客棧而去。不一會兒到了客棧，掌櫃一見是適才的大爺，連忙堆笑臉迎了上去。莊森問他易成詳回來沒有，掌櫃道：「回來了！大爺。是衙門的捕快送他回來的。他們還在樓上呢。」

莊森點頭上樓。轉過轉角，吃了一驚，只見地上躺了名捕快。他提氣前進，踏地無聲，蹲在捕快身前查看。捕快身無外傷，遭人擊昏，並無性命之憂。他推開天字三號房門，易成詳躺在地上，胸前衣衫破爛，被人以蠻橫掌力擊碎，胸腔塌陷，肋骨盡斷，心肺俱裂，鮮血自顏面七孔噴出，死狀甚是淒慘。

莊森轉頭，只見窗扉開啓，兀自晃動，行凶之人才剛跳窗離開。他衝到窗口，探頭一看，剛好看見一條身影轉入兩條街外的巷道。莊森踏上窗沿，奮力躍起，如大鵬展翅般橫空而過，遠遠落在數戶外的屋頂。他兩個起落，來到凶手轉入的巷道，看見對方轉過下一條巷口，立即提氣追了上去。

莊森邊跑邊想：「凶手掌勁剛猛，內力深厚，但看身影卻是女子？這也不奇，內力深厚的女子，我見得可多了。只不過對方如此武功，行凶遭人撞見，怎麼不像對付那名捕快一樣順手把我打昏？除非她知道我是誰，不願正面衝突。」

對方武功雖強，畢竟強不過莊森，沒過多久便給追上。她見甩不開莊森，也不著急，反而放慢腳步，信步轉向碼頭。金州是漢水的河港城，城內有好幾處臨河碼頭，碼頭上除了漁船商船外，還有不少遊河船。女子停在一艘燈火通明的大遊船前，脫下夜行黑衣，丟給一名碼頭工人。另一名船工捧了件仕女外衣，恭恭敬敬遞給女子。女子披上外衣，這才轉過身來，笑盈盈地對莊森說道：「莊大俠，咱們又見面了。」

莊森拱手行禮，說道：「原來是顏當家。」

女子名叫顏如仙，天河船廠女當家，掌管黃河漕運，乃是世間數一數二的有錢人。她是梁王府的食客，曾在長安幫莊森接風。當日接風宴上，梁王府一眾高手擒拿叛徒清修道人，顏如仙貌似發號司令之人。從前梁王府群豪以薛震武爲尊，薛震武死後，群豪中再無武功聲望皆足以服眾之人。半年多來，他們一直在爭奪梁王府首席食客之位，至今也沒爭出結果。顏如仙有錢有勢，武功高強，她若有心統領群豪，說不定能夠出線。

顏如仙搖頭道：「哎呀，眞是歲月不饒人。從前我這麼回眸一笑，多少英雄好漢就此拜倒。莊大俠英雄少年，令奴家不勝唏噓。」

「顏當家貌美如花，也不差我當面稱讚。」

「許久不見，不如上船一敘？」

莊森道：「我約了人一會兒出城。」

顏如仙神色失望，片刻後道：「那陪我在河畔走走？」

莊森來到顏如仙身邊，兩人一起往下游走。走出船隻停泊處，遠離船工後，莊森說道：「成易詳深怕王府殺他滅口，原來不是杞人憂天。」

顏如仙道：「此人殆忽職守，護主不力，若不殺他，如何服眾？」

「你們都不講王法了嗎？」

顏如仙笑道：「梁王府的規矩是先講家法，再講王法。」

「我已查明，朱友倫的毒不是他下的。」

「我沒說是他下的毒呀。他沒試出那毒，就是該死。」顏如仙側頭看他。「莊少俠莫非想以殺人罪名，拿我歸案？」

這一年多來，莊森見多了打打殺殺的事，倘若所有動手殺人之人都要捉拿歸案，那他認識的人全都要關進牢裡去了。他搖了搖頭，嘆道：「顏當家，咱們活在一個奇怪的世道。武林人士殺人不用償命，平民百姓才受王法約束，這樣對嗎？」

「少俠，這叫弱肉強食，是亂世眞理。」顏如仙微微嘆息。「亂世之中，王法不通。你想要殺人償命，需得先結束亂世才行。」

莊森想起薛震武，說道：「這話倒似薛老爺子會說的話。」

顏如仙問：「薛老爺子可是莊少俠所殺？」

「當然不是。」莊森搖頭。「當日我同薛老爺子一起出門辦事，你們梁王府都知道的。我二師伯有多大能耐，你們也很清楚。把薛老爺子的事賴在我頭上，根本毫無道理可言。顏當家信嗎？」

「自然不信。」顏如仙道。「然則大家都這麼說，我也不能獨排眾議。既然少俠說不是，我可就放心了。」

「顏當家如此信我？」

「可不是嗎。」

「那麼敢問顏當家，」莊森停下腳步，轉頭看她，「如今梁王一口咬定朱友倫是崔胤所殺，可有什麼憑據？」

「王爺心疼愛侄，順口找人出氣，也是有的。」

「梁王深謀遠慮，豈會無端去找當朝宰相出氣？」

「王爺做事，總是有他的道理。」顏如仙香肩輕聳。「崔相在官場打滾多年，也曾殺劉季述，擁皇上復辟；也曾聯合王爺，排除異己。此人善玩權術，絕非好人；他跟王爺的恩怨，幾句話也說不清楚。他有沒有動機殺朱友倫？我不知道，你不知道，王爺說不定知道。長安城人人都說王爺胡亂遷怒，崔相活該倒楣，然則正如少俠所說，王爺深謀遠慮，豈會無端去找當朝宰相出氣？」

莊森冷冷看她，問道：「妳是眞不知道，還是跟我裝傻？」

顏如仙與他對看片刻，正色道：「我又不是梁王府首席食客，哪會知道這麼多內情。」

莊森道：「我正想問呢。如今究竟誰才是首席食客？」

顏如仙道：「本來論武功才智，拜月教月盈眞人都是不二人選。然而一來她是番邦人士；二來她喜怒無常，所有人都怕她；三來，半年前赤血眞人突然出兵攻打西境，惹得王建驚慌失措，上書奏請朝廷平反玄匪之亂，聯合玄日宗對抗吐番。王爺一直懷疑拜月教出兵是爲了幫玄日宗解圍，但他想破腦袋也想不出赤血眞人跟玄日宗有什麼交情。據我所知，貴派與拜月教上代掌門宿怨未清，應該相互仇視才對。」

莊森道：「顏當家說笑了。拜月教若爲玄日宗出兵，那不是說我們通敵外國嗎？這話可不能亂說。」

顏如仙斂色道：「少俠說得是，奴家失言了。總之，王爺不再信任月盈眞人，而月盈眞人這半年來也一直待在吐番辦事，是以首席食客之位一直空著。」

莊森問：「繼續空著，你們不會內鬨？」

「王爺想找個武功威望足以服眾之人。」顏如仙道。

「從外面找？」莊森皺眉。「有人選嗎？」

顏如仙笑：「莊少俠呀。」

莊森立刻搖頭：「你們不必再找玄日宗的人。新任掌門整頓本宗，確立宗旨：只顧民生，不問朝政。凡本宗弟子，不會再幫任何節度使做事。我們人數銳減，實力大不如前，王爺也不必擔心我們會想角逐天下。」

顏如仙點頭：「新掌門，新氣象，奴家恭喜莊少俠。王爺吩咐過，不必再招攬玄日宗的高人。不過那些已經不是玄日宗的人，咱們可是會大力延攬的。」

莊森眉頭深鎖。「妳是說我四師伯？」

「崔女俠，趙少俠，」顏如仙輕笑，「他們都是一等一的人才。」

莊森轉頭望向河面。幾艘遊船停在河上，船上的人飲酒作樂，十足太平景象。他想了一想，回頭說道：「我四師伯他們離開玄日宗，便是爲了走自己的路。他們若肯輔佐梁王，那是梁王之福，也是……或許也是百姓之福。」

「莊少俠這麼好肚量？」

「也沒什麼肚不肚量的。」莊森說。「梁王也好，晉王也罷。不管誰得天下，我只希望老百姓能過好日子。」

「我聽說玄日宗弟子開始種田了？」顏如仙道：「當年僖宗皇帝以平定黃巢之亂有功，賞賜玄日宗江南道沃地數千頃。二十年來，玄日宗都是租貸出去，從來沒有弟子親自下田耕種過。梁掌門這麼搞，不嫌太做作了嗎？」

「我五師伯學問大，種田不光是爲了糧食，還爲了要改善品種。」莊森解釋。「他的四季米若能在各地試種成功，全國米獲量將可翻倍。」

「有這種事？」顏如仙神色詫異。「奴家只知梁掌門過往名聲不好，不懂孫六俠、卓七俠爲何推他出任掌門。」

「從前武林中人都說我五師伯不學無術，實則他興趣廣、學問雜，是百年難得一見的通才。」莊森說。「他熟讀《齊民要術》，融會本宗農書，對於農產栽種極有心得。我們不知道節度使爭天下要爭到什麼時候，我們只知道老百姓得有飯吃。」他見顏如仙神色動搖，笑道：「顏當家若有興趣，回長安後可至本宗長安分舵討些稻種回去種。」

顏如仙皺眉：「這麼珍貴的東西，你們就這麼給人？」

「稻米本來就是給人種的，我們只怕種的人不夠多呢。」莊森神色誠懇。「黃河沿岸本非種植稻米的地方。長安分舵的米針對乾寒環境改良，能種多遠還有待試驗。整條黃河沿岸都是顏當家的地盤，當家的若有心，可以幫我們找地方種種看。除了稻米，我們還有很多改良農作。」

「天下未平，便來算計民生，是否操之過急？」

「不管天下平不平，民生總是最重要的。」

顏如仙側頭瞧他，若有所思，跟著又皺起眉頭，啊的一聲，問道：「長安七曜院近日與玄日宗往來密切，可是為了種植作物之事？」

莊森點頭：「王文林大人熟曆法、懂水利，跟我們掌門師伯素有私交，在官場上又有人脈。敝派長安分舵跟七曜院密切合作，在關內道各地試種作物。」

「那可糟了。」顏如仙憂形於色。「王爺說七曜院私通玄日宗，定會不利於梁王府，要我們抓王文林回王府問話。王爺還說，若王文林堅不招供，乾脆就把七曜院給挑了。」

莊森急道：「這怎麼可以？七曜院專司研究，從來不涉政爭，也不是武林門派。梁王為何要對付他們？」

「我們在晉王府中的內應回報，半年多前河東軍在山谷中圍困玄日宗高手，曾見山上傳來火光，伴隨地動天搖。」顏如仙道。「李克用猜測那是以硝石火藥引發爆炸，已下令廣召方士，改善硫磺伏火法，研製強力火藥，日後用於戰陣之上。我們王爺擔心七曜院與玄日宗合作生產火藥。」

「絕無此事！」莊森大聲道。「你們已抓了王大人？」

「我離開長安前，府內正在策劃此事。然則朱大人遇害，王府亂成一團，此事也不知是否進行。」

莊森行禮道：「王大人是好人，請顏當家高抬貴手。」

「我回去後會看著辦。」顏如仙回禮。「莊少俠，長安乃是非之地，不日定有大亂。玄日宗若不想招惹政爭是非，趁早撤了長安分舵爲妙。」

「謝顏當家關心。」莊森拱手作別。「我先去長安看看再說。」說完別過顏如仙，朝北門而去。

第三章 尋胡

莊森與董軍快馬加鞭，餐風宿露，於兩日後抵達長安。兩人商議分頭行事，約定每日晚間於京兆府衙門會合。分開之後，莊森先去玄日宗分舵。

分舵門口弟子回報總壇莊師兄駕到，分舵主上官明月親至門口迎接。「莊師兄辦案神速，不到半個月就回來了。」

「金州的案子是解決了。」莊森無奈，「可又招惹了更麻煩的事。上官師妹，內堂議事。」

上官明月帶兩名副舵主，入內堂與莊森議事。此事牽扯梁王府與宰相府，以玄日宗當前宗旨，自當低調行事，莊森理應只找分舵主進來交代就好。然則上官明月是個美貌姑娘，與莊森同年，為免惹人非議，他盡量避免與之獨處。四人坐定，弟子上茶。莊森趕路兩日，微感疲累，喝茶潤喉後，才將崔胤之事說了出來。

上官明月道：「師兄，宣武軍待在長安城十里外，把守各方要道。儘管沒有當真圍城，但也差不了多少。如今長安無禁軍，咱們要保崔胤，可得暗地裡來，先發制人。」

莊森道：「咱們不是要保崔胤，是要查明真相。只要能證明崔胤無辜，料想朱全忠也不會輕舉妄動。」

「怕只怕朱全忠只是假借因頭，趁機除掉崔胤。」上官明月分析：「神策軍被廢後，長安全賴宣武軍保護。倘若梁王有心，滿朝百官只能坐以待斃。崔胤原本打算跟長安附近的武林人士打好關係，一旦出事，便來激發武林同道的愛國心。玄匪之亂雖然平反，玄日宗畢竟元氣大傷。武林同道見武林盟主玄日宗都敗在朱全忠手下，如今全都噤若寒蟬，誰也不敢公開反對朱全忠。這半年來，百官每日上朝，便是在上表辭官。人心離異，從前的忠臣現在都只想逃離長安。若非崔胤每日奔走，苦勸諸臣打消辭意，大唐朝廷早已不在。」

莊森問：「崔胤如何讓諸臣打消辭意？」

「不知道。」上官明月說：「多半不是動之以情。長安分舵元氣未復，又忙著掌門師叔新派的任務，對於長安官場形勢，所知大不如前。」

「重點在於他多半不是動之以情。」莊森點頭。「長安無兵，人人自危。崔胤要百官留任，總得提出點保障才行。妳派人去打探打探。」

「是。」

「七曜院最近有事嗎？」

「無。」

莊森沉吟片刻，說道：「派十名武功高的弟子輪班把守七曜院。另外再派兩名弟子貼身保護王文林大人。朱全忠懷疑王大人跟本宗合作，意欲不利於梁王府。咱們可得保護好他們，不能牽連無辜。」

上官明月皺眉：「怎麼會有這種誤會？」

「他朱全忠要誤會你便誤會你，咱們也只能隨機應變了。」莊森喝一口茶，又問：「最近城內有沒有可疑胡人？」

上官明月面有難色：「師兄，長安分舵元氣未復，沒有餘力去留意那些。再說，掌門師叔明令訓示，此後本宗要專注民生，不必多管……」

「我懂。」莊森點頭。「只可惜人在江湖，身不由己。若不盡快查明朱友倫案，長安只怕難逃浩劫。也罷，胡人的事，由我去查，妳幫我留意剛剛那兩件事就是了。六師伯呢？」

「六師叔不肯搬入分舵，暫住悅民客棧。我派弟子打掃浩然莊廢墟，僱人盡速重建。他下個月就能搬回去了。」

「好。他身體未復，我開的藥每日都要煎給他喝。妳跟他說，我一忙完就會去探望他老人家。」

「是，師兄。」

□

莊森離開長安分舵，邊走邊想：「上官師妹老拿分舵元氣未復當藉口，也不知道是不是在敷衍我。大家都說她是人才，只盼她不要別有所圖才好。」

他沿大街走到城門邊，看見有四、五個人站在官府告示牌前看榜文。他來到告示牌左側，眼看牌後的城牆石磚，數出一十七塊，在磚上找到拇指大小的弦月刻痕。他在附近撿了幾塊石頭，在牆磚下依照刻痕方向擺出弦月，然後在月下放置一文銅錢。他走到對面民房牆邊，就著屋簷遮蔭，靜靜等候。

一刻過後，有個約莫十歲的頑童自街頭跑來，彎腰撿起銅錢，轉頭看莊森一眼，隨即奔向巷尾。莊森聽月盈講過拜月教的聯絡暗號，但卻是第一次用，不知道這時是該跟上去，還是繼續等。他朝巷尾走出兩步，正遲疑間，突然察覺身後閃過一道殺氣。他左腳往民宅牆上一踢，身子斜裡飛出，順勢轉身。眼前一張肉掌迎面劈來，他左掌上提，扣住對方手肘，輕輕往下一拉，看清對方長相。對方一見是他，立刻收斂掌勢。兩人同時落地，各自收手罷鬥。

對方神色恭敬，一揖到底，說道：「原來是莊大俠，真是得罪了。」

莊森上前扶起他，笑道：「我原想聯絡貴教，打探消息。想不到月虧眞人親自來了。」

月虧抬起頭來，額頭冒汗，氣息稍喘，似是奔行了一段時間。他說：「我剛好路過，聽說有人留下本教聯絡記號，這才過來看看。巧了！有緣！莊大俠來得剛好。我正在捉拿對頭，請莊大俠幫手。」

莊森揚眉：「現在？」

「事不宜遲。」月虧拍拍莊森肩膀，拔腿就跑。「邊走邊說。」

莊森提氣跟上，與月虧並肩而行。眼前不見敵蹤，但每當經過路口，總有人提點方向。有些是吐番人，有些是唐人。莊森跑了一陣，正想開口詢問，月虧說道：「對頭武功高強，我還擔心不是對手。幸好莊大俠來了。」

莊森問：「對頭是什麼人？還請眞人明示。」

「我也很想知道他是什麼人。」月虧道。「最近有人在長安城內獵殺拜月教徒。兩個月內已經死了七人，尚有兩人失蹤。我們三次設計誘捕對方，昨晚終於逼他現身。這場追逐，足足追了四個時辰，對方擺脫不了我們，我也始終追不到他。」

「你們在城裡跑了四個時辰？」

「我們調動人馬，監視城內要道，這才不至於跟丟他。」月虧說話多了，越來越喘，過了一會兒才又說：「同我一起追敵的廉貞和破軍尊者都已被對方打傷。我正擔心就算追上了也攔不住他，想不到卻遇上莊大俠。」

莊森皺眉：「廉貞和破軍尊者的武功都很高啊。對方只有一人？」

「是。」

「看得出武功家數嗎？」

「身手矯健，內力深厚，行招手法與中原武學大異其趣，我認不出。」

莊森心念一動，問道：「是胡人？」

「他蒙面，但看身形是有可能。」

兩人繼續奔行。莊森看不懂路人的暗號，只能跟著月虧前進。又再跑了一刻鐘，月虧看見路口教徒的手勢，揚手要莊森停止奔跑，輕手輕腳走到教徒面前。那教徒回報道：「稟眞人，對頭進入巷內第三間民房。我們前後都有派人看守，他還在裡面。」

月虧道：「繼續守著。他若出來就叫。」教徒得令而去。月虧轉向莊森，說道：「莊大俠，咱們進去。」

莊森同月虧步入巷內，來到第三間民宅，同時伸手推門。兩扇薄木門啊啊兩聲開啓，露出其後空蕩蕩一間小石室。石室正面有窗，但用木板釘死，黑漆漆的，瞧不眞切。室內毫無家具，不似有人居住。莊月二人步入屋內，見後牆左右兩側各有一道破爛門帘。兩人一人走向一道門帘，相互點頭，撩開門帘走進去。

門帘落下，漆黑走廊陷入寂靜，屋外的喧囂傳不進來。外室尚有微光，透過門帘縫隙灑入，只能照出數尺，再遠便看不見了。莊森調節呼吸，增強耳力，一步一步往前摸索。

片刻過後，遠處傳來掌擊聲。莊森當即後退，竄回石室，轉身奔向另一側走道，順手扯下入口門帘。他就著微光看見月虧退出一扇門口，重重撞上牆壁，多半是被人重掌震出。莊森擔心對手追擊月虧，連忙大喝一聲，欺上前去。

門口人影一閃，模模糊糊的瞧不清楚，顯然對手身穿黑衣。莊森猛運玄陽火勁，以蠻橫內勁逼迫對方捨棄月虧，應付自己。對方黑成一團，看不清如何出招。莊森迅速出掌，攻中帶守，護住自己和月虧周身要害。黑暗中就聽見對手咦了一聲，似乎沒料到會遇上如此高手。雙方以快打快，瞬間交手十餘招。莊森突然察覺對方雙掌撤回，攻勢凝聚，知道那人要重招對掌。他雙掌微縮，奮力推出，就聽見碰的一聲，莊森往後滑開，讓月虧伸手托住背心。對手飛身而起，飄入房內，融入黑暗，完全不見蹤影。

莊森深吸口氣，運轉內息，以轉勁訣將對手的掌勁運到雙掌，隨即衝入房內。他此刻轉勁訣已經初窺第九層門徑，能將對手攻來的內勁蘊藏體內，一刻不散。適才與黑衣人對掌，雙方功力不相伯仲。然則此刻若是再度對掌，黑衣人肯定要大大吃虧。

莊森一入房內，立知不妙。四面八方都傳來嘎嘎聲響，顯然有機關啓動。接著前後左右共有六道強風來襲，彷彿有六名武功高手同時展開偷襲。莊森雙掌齊出，擊中面前兩道強風，觸手堅硬，似是巨木。他藉由掌擊的力道翻身後躍，以此微差距險險避開其他四道攻擊，落在門外，模樣狼狽，險些摔倒。房內傳來幾聲巨響，裡面的機關撞成一團。他與月虧對看一眼，長吁口氣，吞嚥唾液，心裡浮現死裡逃生的感覺。

「有火摺嗎？」

月虧自懷中取出火摺，吹燃之後，探入房內。石室中有六根近三人高的大木樁，分從六個不同的斜角插在地上，陷入地面。木樁計算巧妙，沒有相互撞擊，在石室中央交錯而過，密密麻麻插滿室內空間。木樁末端連有槓桿機關，並非以繩索投射而出，而是靠機關的力量運轉至定位。莊森回想適才肉掌擊中木樁，但卻絲毫沒有阻擋來勢，知道自己倘若沒有及時翻離石室，此刻已被打成肉醬。

石室牆上有幾支火把，月虧一一點燃。

莊森就著火光打量片刻，拉著月虧來到右邊側牆，矮身伏低，打算鑽入三根木樁中間的縫隙。月虧拉住他。

「莊大俠，這房內機關如此巧妙，卻留下縫隙讓你鑽？」

莊森點頭，運勁對縫隙旁的木樁拍落。就聽見唰唰兩聲，黑暗中飛出兩支弩箭，貫穿縫隙，擊中門旁的石牆。

兩人對看一眼，面有懼色。

月虧道：「我去找人進來，拆掉這些木樁。」

莊森搖頭：「不知道還有沒有機關。一般人武功不行，難以應變。我們兩個拆就行了。我動手，你幫我留意還有沒有暗器飛出來。」

月虧拍拍身邊木樁，紋風不動。他問：「你要怎麼拆？」

「硬拆。」

莊森運起玄陽內勁，重掌擊出。最外緣的木樁微微搖晃，木屑飛濺，中掌處冒出裂痕。莊森皺起眉頭，眼看木樁沉思。

月虧問：「怎麼了？」

「怪了。」莊森道：「我再試試。」他不再使玄陽掌，雙掌平貼樁身，依照轉勁訣的方位使力。那木樁緩緩轉動，半圈後嘎啦一聲，末端連結的機關脫落，整根木樁失去支撐，猛壓而下。抱著木樁的人要不是莊森，只怕當場便給壓扁。

月虧上前扶住木樁，跟莊森一起將木樁輕輕放下。他說：「莊大俠學問可真大，竟能看出這機關製作的環節。」

莊森搖頭：「本門轉勁訣法門奇特，能夠借力運勁，所以我們也有套專門搭配轉勁訣製造機關的手法。一般這類機關奇重無比，除非運用轉勁訣，否則難以推動。」

「莊大俠言下之意……」月虧問：「這是玄日宗的機關？」

「不一樣。」莊森道。「我從未見過如此運用之法。但我確實能以轉勁訣拆除它。」他又用同樣手法拆開五根木樁，堆在房間兩側。房間後半部自天花板上垂了五層黑布。適才黑衣人飄入房內後沉入黑布之中，當場失去蹤影，在如此昏暗處算是極難識破的障眼法。莊月二人扯下黑布，丟在木樁上，在後半間石室裡搜尋片刻，找到地上一扇暗門。莊森依照玄日宗機關術的道理推敲，在牆上摸出開啓暗門的機關。他將那塊石磚推入牆內，暗門應聲而開。

月虧自牆上取下一支火把，丟入暗門之中。火把墜落三丈，照亮地底景象。一條石造地道，不知通往何處。莊月二人各持火把，跳入洞中，沿地道走去。兩人擔心機關，隨時留意，行走甚慢。所幸地道不長，約莫三十餘丈後便已走到盡頭。莊森運轉勁訣推開地道末端的大石門，陽光灑入地道，帶來重見天日之感。石門外是一大片黃土地，再過去有樹林。莊森回頭一看，那石門竟是城牆上的一扇暗門，他們此刻已經出了長安城。

月虧神色讚歎，說道：「厲害呀，這樣都能讓他出城。」

莊森四下打量，搜尋地上足跡。「還能追嗎？」

「他去得遠了，只怕也不會留下蹤跡。」月虧搖頭。「追丟啦。」他思索方位，知道金光門在他們右方，於是拍拍莊森肩膀，舉步便走。「累了。走吧。我請莊大俠喝酒。」

□

兩人回城。月虧在街口招來一名拜月教弟子，交代大家撤哨。他們找間酒樓，叫桌酒菜，互訴別來之情。玄匪之亂平反後，朱全忠不再信任拜月教，但又不願放棄吐番外援。他讓月虧繼續待在梁王府，也對拜月教眾人禮遇有加，不過不再讓他們參與重要行動。要不是朱友倫馬球案鬧開，王府高手都派出門辦事，朱全忠也不會讓月虧召集這麼多拜月教徒齊聚長安。可惜拜月教尚未接受任務，就已經遇上了神祕對頭獵殺教徒之事。朱全忠要月虧先解決此事，再去參與馬球案。

莊森問：「眞人可聽說過馬球案中有個神祕胡人？」

月虧點頭：「客隊中有兩人至今下落不明。其中一個是胡人。」

莊森問：「眞人知道他是什麼人？」

「不知。」月虧揚眉。「適才追敵，莊大俠問起胡人，神色有異。莫非以爲我們在追的便是馬球案中的胡人？」

「長安城胡人這麼多，也不知道有沒有這麼湊巧的事。」莊森邊想邊說：「然則此案牽扯胡人，梁王府卻還要眞人召集拜月教人馬協助辦案，可見他們知道對方並非吐蕃人。」

月虧冷笑：「我看他們根本知道對方是什麼人。」

「倘若王府知道，」莊森問。「會是誰知道？我在金州會過顏如仙，她說王府眼下沒有首席食客，很多事情你們都不知情。但這些事總不可能只有朱全忠一個人知道吧？」

「此刻梁王府聽誰號令？」

「王爺人在汴州。」

「朱友諒。」

莊森皺眉。「他不是在城外圍城嗎？難道還住在梁王府？」

「圍城也就是作戲。長安無禁軍，他要圍城就圍城，要進城就進城，京兆府那些衙役哪裡敢攔他？」

「也就是說……」莊森沉吟。「他若眞要攻入宰相府，抓崔胤出來砍頭，也不會有人阻止得了他？」

「那也未必。」

「喔？」

月虧喝一口酒，正色道：「王府這回召集人馬，似乎是要小規模攻打什麼地方。」

「宰相府？」

「不。攻打宰相府，肯定是場大戲，那是要交給宣武軍打明旗號來幹的。」月虧搖頭。「我尚未收到命令，但有聽說食客之間耳語。王府似乎看準了城北山間幾座河景莊園。」

「你說像百柳莊那種園子？」薛震武命喪百柳莊，莊森時常想起當晚之事。長安城北臨渭水，沿岸山區建有許多河景莊園，專供旅客遊樂賞景。什麼渭園、夜歡園、承平居、廣樂堂之類的，整個算下來只怕不下百餘座。

「是。」月虧道。

「爲什麼？」莊森問。

月虧左顧右盼，確認四周座位上沒有可疑人物，這才壓低音量道：「這半年崔胤一直在勸朝中官員不要辭官。儘管他沒有明說，但對百官暗示得十分明白，就是朝廷不需害怕梁王的兵馬。梁王懷疑他暗中招兵買馬很久了，只是一直無法掌握證據。」

「建立軍隊這種事情，能夠瞞得這麼徹底嗎？」

「我們也很懷疑。」月虧道。「但他若是純粹瞎說，朝廷官員爲何要信他？兵部尚書樂仁規調動不了全國兵馬，窩囊了整整三年。神策軍被廢之後，他就已經決意辭官。崔胤三個月前與他一會，讓他徹底打消了辭官的念頭。莊大俠以爲他是怎麼辦到的？」

莊森摸摸腦袋，覺得有點難以置信。他問：「王府掌握證據了嗎？不然要你們去打哪裡？」

「我猜證據是有，但要進一步蒐證。」月虧道。「倘若能讓我們找到一、兩座軍營，那就能夠揭發崔胤的陰謀了。」

莊森揚眉：「陰謀？」

月虧笑道：「我們在王府裡都是這麼說的。」

「朱全忠急著殺崔胤，就是爲了此事嗎？」

「這個嘛……」月虧沉思。「我想不是。王爺懷疑崔胤建軍許久，不會爲了此事急著殺他。況且，如莊大俠所說，他能瞞得這麼徹底，肯定不是大軍。」

兩人默默喝酒，連乾兩杯。莊森說道：「我每次來長安都沒好事。」

月虧笑：「我倒覺得這裡挺刺激，沒有片刻無聊。」

「我受大理寺所託，爲了證明崔胤無辜而來。」莊森無奈。「你說崔胤有動機殺朱友倫嗎？」

「要查。」月虧道。「要查。」

「你若知道王府要攻打哪座園子，可否給我送個信？」

月虧點頭：「是這樣，莊大俠，王爺已經在懷疑本教私通玄日宗了。你要什麼消息，我自然會給你帶到，只是希望莊大俠低調點，別給我惹太多麻煩。」

「兄弟理會得。」他站起身來，拿酒杯向月虧敬酒。月虧連忙起身回敬。莊森放下酒杯，說道：「此事緊急，我去忙了。」

月虧問：「莊大俠還有線索？」

莊森道：「我先去京兆尹打聲招呼，請他們幫我去戶部查查剛剛那棟屋子是何人所有。能做出那種機關的絕非常人，我得找他來討教討教，弄清楚他在此案中扮演什麼角色。」

「那就祝莊大俠查案順利了。」

莊森走到樓梯口，停步回頭，問道：「有月盈眞人的消息嗎？」

月虧道：「月姑娘已經捎來信息，下個月便回歸唐土公幹，特別囑咐我留意莊大俠行蹤呢。」

莊森微微臉紅，笑道：「那可眞是太好了。」說完下樓離去。

第四章　天工

次日清晨，莊森正與玄日宗分舵首腦人物同桌用早膳，京兆府捕快隨同董軍一起送來機關民舍的戶籍記載。那是城牆附近的老房子，黃巢亂後重建，二十年來幾度易手，最後一次買賣過戶是五年前，屋主名叫黃謙，長安本地人，從商，十年前突然發跡，在長安城各地置產。由於他經常外出，名下地產又多，要找他並不容易。京兆府一早已經派人去他家中問過，不在家，家人也不知道他上哪兒去。

董軍問：「莊大俠，鄭大人在問，要不要強行搜莊？」

莊森翻閱地產清單，心想調查此人是因爲在幫梁王府食客追蹤身分不明之敵時碰巧遇上的，儘管懷疑與此案有關，理由畢竟太過牽強，最好還是由他私下調查，不要牽扯官府爲妙。他說：「強行搜莊，倒是不必。這黃謙是做什麼生意的？」

「刻版印書。」董軍說。

「喔？」莊森問，「這好賺嗎？」

「好賺。」董軍答，「他們天工坊在全國各地十家連號，許多寺廟、道觀都有請他們印製經書。去年他們出版了司空圖的《二十四詩品》，探討詩歌內涵，凡讀書人，人手一卷，可謂大發利市。」

莊森曾在太原與司空圖有過一面之緣。當時他為情心傷，得司空圖開導，加上酒館買醉，這才度過難關。《二十四詩品》他也曾買過一卷，不過半年多來東奔西跑，一直沒時間品味文中意味。他本非愛詩之人，能完整背誦的詩作不多，對於文字美醜也不特別要求，只覺得能讓人心生感慨的就是好詩。「原來百姓愛看書。」

董軍說：「其實賣得最好的還是跟百姓生活息息相關的曆書。再來就是娛樂消遣的傳奇，像是元稹的《崔鶯鶯傳》、蔣防的《霍小玉傳》。」

莊森笑道：「原來董大人喜歡情情愛愛的故事。」

「好看呀！」董軍樂道。「莊大俠看過吧？」

「看過，看過。」莊森放下清單，轉頭問道：「董大人昨日說找不到七掌櫃，如今有方向嗎？」

董軍皺眉：「七掌櫃行事隱密。向來只有他來找你，沒有你去找他。然則無論如何，總是透過長安藥局聯繫。昨日長安藥局推推託託，言詞閃爍，也不知是時機敏感，還是七掌櫃出了什麼事。我打算一早先私下去六掌櫃家拜會，且看能不能問出端倪。」

「董大人跟六掌櫃有私交？」

「以前幫過他。」

「那好。」莊森朝同桌用膳的上官明月一比：「請師妹派兩名好手貼身保護董大人。」

「是，師兄。」

董軍說：「這有必要嗎？」

莊森道：「你說只有七掌櫃來找你，沒有你去找他。此乃江湖人物的行事風格。七掌櫃行事如此隱密，做的事又見不得光，在此敏感時刻，難保他會如何應付大理寺官差。」

「你擔心他對我不利？」

「小心駛得萬年船。」

上官明月安排副舵主展淵明及另外一名弟子護送董軍離開。官府的人走後，莊森轉頭問道：「上官師妹，黃謙此人可另有來頭？」

「他是天工門門主。」上官明月點頭。「天工門擅長巧手機關，他們製作的弓弩射程遠、拉弓易，又有各式箭頭可換，乃是刺客界的首選。他們的袖箭、鞋刀等設計也有獨到之處，很受地方幫派青睞。不過他們最讓江湖人士津津樂道的還是針對客人要求特製機關。前兩年有個不曾習武的文士行刺西川王建差點得手，用的就是天工坊特製的胸針機關。當年總壇司兵房弄來那件機關研究，據說無比精巧，歎為觀止。」

「那是司兵房沒受過五師伯指點。」莊森說。「天工門有接土木工程嗎？」

「有。」上官明月回道。「師兄問得內行。天工門的土木機關，那是有口皆碑的。武林中各大門派的地牢密室，不少是出於天工門的手筆。聽說不管什麼樣的機關暗門，只要僱主要求，他們就做得出來。」

莊森問：「他們的封門石能做到多重？」

「呃？」上官明月錯愕：「我不知道。」

莊森解釋：「承重多寡是評判匠人手藝的一大重點。尤其像封門石這種長期架空，落地後就要讓人再也抬不起來的機關，做得越重就越高明。我聽掌門師伯說過，七年前武蒼派的掌門閉關山洞就是因爲封門石沒有做好，於掌門在內閉關時承載不住，失控落下，把他們的掌門和所有祖傳祕笈關在裡面。武蒼派就此沒落，撐到三年前徹底散了。」

上官明月忍不住失笑，但又覺得不夠端莊，連忙咳嗽兩聲，正色道：「那武蒼派原是福州大派，一夕之間沒落，江湖中人都不知原因，想不到竟是這麼回事？」

莊森道：「當初五師伯得到消息，馬不停蹄趕去相助。可惜武蒼派人不識好歹，認定五師伯想要盜取他們的祕笈，竟然不顧掌門性命，拒絕讓他嘗試破石。若非他們如此頑固，武蒼派也不會淪落至此。」

上官明月問道：「師兄對五師叔評價很高呀？」

莊森笑道：「我知道五師伯從前名聲不好，除了是他咎由自取外，其實也是出於武林中人對他的誤解。妳就算不信我，也該相信我師父和六師伯。我們願意奉他爲掌門，絕對是因爲他夠資格，有過人之處。」

「敢問師兄，」上官明月鼓起勇氣問道，「掌門師伯有何過人之處？」

「『只問民生，不論朝政。』」莊森說。「光這幾個字，就不是其他師長能提出來的。」

「可是師兄，」上官明月又問，「咱們現在管的這事，難道不算朝政嗎？」

「這件案子牽連太廣，處理稍有不愼，長安百姓大禍臨頭。」莊森語重心長。「這種事情既然遇上了，絕不能拍拍屁股走人。咱們總得幫忙查明案情，再做打算。」

上官明月瞧著莊森，欲言又止。莊森道：「師妹有何想法，但說無妨。」

上官明月抿抿嘴唇，說道：「宣武篡唐，勢在必行，長安百姓遲早會大禍臨頭。此事路人皆知，大家都在等，每日人心惶惶。小妹有時覺得……朱全忠爲什麼不乾脆動手算了？」

莊森道：「他的實力不足以平天下，即便篡了大唐，也只能控制北方諸道。去年談好吐蕃外援，他本來已經要動手了。玄匪之亂後，他對吐蕃起了疑心，只好繼續拖下去。不過朱全忠年事已高，再拖也不會拖多久的。」

上官明月道：「所以小妹認爲，朱友倫案不論是不是崔胤所爲，朱全忠都會殺他。」

「很有可能。」莊森點頭。「但我還是要查個明白。不論崔胤有無可死之道，只要此案不是他幹的，他就不該爲此案喪命。」他凝望上官明月，說道：「師妹，倘若情況失控，長安大亂，你們分舵可得盡可能守護百姓。我不是要你們跟宣武軍正面衝突，但能幫忙的，一定要幫。」

「師兄放心，小妹自有計較。」上官明月放下碗筷，站起身來，說道：「走吧，師兄，我跟你去天工坊。」

「妳要跟我一起去？」

「天工坊表面上就只是做雕版印刷的，你想找天工門，得要有人引薦。」

「妳跟他們打過交道？」

「長安分舵地下的密室就是找他們挖的。」

莊森起身，笑道：「既然如此，那走吧。素聞玄日宗上官女俠作風強硬，正氣凌人，江湖人稱『玉面旋風』，今日正好見識見識。」

「莊師兄號稱玄日宗最後良知，小妹也想見識見識。」

「妳等等！這什麼號稱，我怎麼沒聽過？」

「原來師兄沒聽過，那眞是太好了。」上官明月微笑：「江湖傳言，說這稱號是莊師兄自己在傳的，小妹也不怎麼相信呢。」

莊森斜眼瞪她，神色無奈，心想：「這些師妹，個個初見面時畢恭畢敬，但只要多說上幾句話，馬上就沒大沒小起來。也不知道是我莊森自己的問題，還是玄日宗風氣如此？不打緊，我莊森一代大俠，總不會永遠被女人騎在頭上。妳上官明月縱使美貌，也美不過楓兒和盈兒，總不成妳也是武學奇才，能把我打得七葷八素？師父說能者無所不能，收服女子也只是必備之能罷了。且看我想個法子收服妳……」他眉頭一皺，突然好笑，又想：「我這是怎麼了？師妹跟我說句笑話，我就要想辦法收服她？什麼東西亂七八糟的？」

他心裡明白，自從林曉晴慘死後，他便一直對同門師妹抱持戒心。一來怕她們接近自己有所圖謀，二來擔心她們莫名其妙死於妒心。儘管玄日宗重整後，同門間已經沒有需要相互監視的利害關係，而趙言楓也跟自己漸行漸遠，理應不會再起妒心。但當時林曉晴化爲冰屍的模樣刻劃入心，說什麼也難以擺脫，導致他這半年來盡量與其他師妹保持距離，不說閒話。

「好了，師妹，別說笑了。」莊森正色說道。「我們走吧。」

□

兩人來到永寧里天工坊，只見偌大一面外牆圍著一大座園子，占地只比成都玄日宗總壇稍小一點。園內有大大小小許多工房，院子裡擺有各式原料、器具、紙張，及等待運送的成書。匠人忙進忙出，不下好幾百人。上官明月去找管事之人，莊森就在園子裡自行閒晃。他沒見過雕版印書，對一切都感到好奇。

他路過一間工房，看見裡面坐了幾排匠人在裝訂書頁，信步走入。一名督工迎上來，客氣道：「公子想買書嗎？請隨我來。」

督工領莊森來到一間庫房，介紹其中書籍。莊森一輩子沒見過這麼多書，瞧得合不攏嘴。他拿起一本孫思邈的《備急千金要方》，感慨道：「小時候長輩只看手抄書，當年為了找本《備急千金要方》，跑遍成都各地，終於找到一本，卻又滿是塗改和別字。」他翻閱幾頁，嘖嘖稱奇。「眞了不起。」

督工笑道：「其實雕版印刷行之有年。最早的雕版書在唐初就有了。只因各家工坊雕工有粗細之別，用墨亦有差異，加上書籍需求不多，許多老派人都認定手抄就好了，不需開版印刷。公子想想，當朝文人的詩集、傳奇，若沒有咱們雕版大量印製，光靠手抄，怎麼流傳得開呢？」他見莊森點頭，說得更加起勁：「敢問公子哪行發財？」

「呃……」莊森還眞不知道自己哪行發財。「我是武林……那個……玄日宗的人。」

「哎呀！原來是玄日宗的大俠，失敬失敬！」督工連忙行禮，說道：「我就常在想啦！玄日宗弟子滿天下，師徒授課，定有不便之處。何不把貴宗的武功圖譜拿來雕版印了？如此一來，所有弟子人手一份，師父不在身邊亦可自修，是不是方便極了？」

莊森搖頭：「武功圖譜乃是各派私密，怎麼能夠人手一冊？」

督工大搖其頭：「大俠這麼說就不是做生意的話了。各派武功圖譜若肯拿出來賣，那可有賺頭了我告訴你！入門基本功可以賣便宜點，像是少林派的羅漢拳，那大家都見識過，也沒什麼稀奇的。但是深一層的功夫，哎呀，大有賣頭。我算過了，倘若折合各派學費，一本賣到千兩都會有人來買。要是江湖上有名的高深祕笈，哇！奇貨可居，一定要用黃金計價！」

莊森問：「眞給雕版印了，還算得上是祕笈嗎？」

督工道：「定價黃金百兩，便是貨眞價實的好祕笈！」

莊森嘴巴開開，呆立片刻，說道：「大家武林一派，我就直問了。你們天工門的機關書有沒有拿出來印呀？」

督工連忙搖手：「那是本門不傳之密，怎麼可能拿出來印？」

莊森不再理他，挑了《備急千金要方》、《齊民要術》、幾本詩集、幾本傳奇，包成一包，門口結帳。

上官明月探頭進來，說道：「師兄，說好了，咱們轉進天工門吧。」

另一名督工領著他們走過幾間工房，沿走道迂迴前進，來到天工坊中央的一間兩層樓高的小屋。莊森注意到走道方位變換奇特，隱含二十八宿之意，心知普通人若無人帶路，絕對走不到這中央小屋。小屋門上掛了塊匾，上寫「天工門」三字。不知情之人還道這扇門喚作天工門，不曉得天工門是個門派。莊森入天工門，只見屋內是間小廳，右手備有桌椅，供人休息等候。左側的牆上掛有許多機關器具，陳列天工門的手藝。督工喚人沏上熱茶，拱手道：「兩位請稍坐，在下去請門主。」說完打開廳後的木門離開。

莊森把書放在椅子上，說道：「又要我們等，派頭挺大。」

上官明月坐下，輕笑道：「多半在安排些什麼。師兄，這茶喝不喝？」

「不喝為妙。」莊森走向陳列牆，看著眼前一副小巧袖箭，機關撥片狀似楓葉，筒身雕畫，精緻美觀。袖箭下貼了張紙，寫道：「楓葉袖箭。單筒。易裝填。三十步內百發百中。附箭袋。可加裝毒筒。」

上官明月拉開莊森的書袋，拿起兩本新書，問道：「敢問師兄，喜歡《孟浩然詩集》多些，還是《崔鶯鶯傳》多些？」

莊森換看上面一把長柄弩弓，貌似一般弩弓，但多了幾根支架，多半是爲求穩健而設。他說：「有雅興就看《孟浩然詩集》，打發時間就看《崔鶯鶯傳》。」

上官明月想要糗他，卻看見底下一本是《備急千金要方》。她問：「師兄還買了醫書？你有研究醫道？」

「有呀。我二十二歲煉成玄藥眞丹，醫術還過得去。」莊森平日不愛炫耀，但聽上官明月原先想拿《崔鶯鶯傳》調侃他，忍不住就特別提了一下玄藥眞丹。他跟著又說：「師妹是大師伯的徒弟，從未跟四師伯習醫嗎？」

莊森沒有回頭，但還是聽出上官明月肅然起敬：「沒。我本來想求四師叔教的，後來外派長安，一直沒有機會。這……我以爲莊師兄武功如此高強，不會涉獵其他學問，想不到……」

「哈，原來師妹當我是大老粗。」

「小妹怎麼敢？」上官明月語氣惶恐。「師兄……你……」

莊森轉過身去，看著上官明月：「怎麼著？」

上官明月道：「聽你說得漫不經心。你可知道二代弟子裡只有吳曉萍師姊煉出過玄藥眞丹？如今師姊過世，四師伯又出走，本宗醫術，可得靠你傳承下去。」

莊森沒有想過此事，忍不住皺起眉頭。片刻過後，他笑道：「傳承便傳承。改天回總壇就來排課。妳想學，我可以教妳。」

「多謝師兄。」

後門開啓，走出一名五十來歲的老者，文士打扮，長鬚，漆黑如墨，既像教書先生，又像世外高人。他神色親切，笑容可掬，大步來到上官明月面前，拱手道：「聽聞上官姑娘榮升長安分舵主，老夫未曾道賀，可眞怠慢啦！哈哈！」

上官明月起身回禮，說道：「黃掌門太客氣了。」她朝莊森一比，介紹道：「這位是我大師兄，莊森。」

黃謙神色一凜，行禮道：「原來是赫赫有名的莊大俠。莊大俠大駕光臨，小號蓬蓽生輝。」

莊森回禮，說道：「黃掌門技藝高超，在下十分佩服。」

黃謙笑道：「天工門這點微末道行，哪裡上得了檯面？」

「黃掌門太謙虛了。」

「不謙虛。」黃謙道。「我聽說莊大俠跟七曜院的王大人私交甚篤，也是機關手藝的同好。玄日宗學問大了，我們不是對手，不是對手。」

莊森笑道：「你們當然不是對手啦。但也很厲害了。」

黃謙笑容一僵，皺起眉頭：「莊大俠，我是講客氣話，你怎麼這麼……不客氣呢？」

莊森臉色一沉：「我受了天工門的氣，不想跟你客氣。」

黃謙問：「莊大俠怎麼受氣了？我們可沒得罪你呀。」

「還說沒得罪我？」莊森氣呼呼地道，「群賢里靠城牆有間小屋，黑漆漆怪可怕的，裡面有機關，有密道，直通城外。那小屋是你的吧？」

黃謙摀住嘴巴，神色驚愕，說道：「是我的。我在長安四方城門附近各有一間這樣的小屋，以備不時之需。這個局勢，莊大俠懂的吧？」

「懂，我懂。只不過……」莊森語調浮誇，「我昨天差點死在那小屋的巨木機關下，這梁子可結大啦！」

「沒結梁子！沒結梁子！」黃謙忙道。「那個……不是……莫說我不知情呀，那巨木機關並非觸發陷阱，必須有人拉動開關才會啓動。莊大俠若是誤入小屋，絕不會中我巨木機關。敢問莊大俠，你怎麼會跑去那裡？」

「我追一名胡人追到那裡，讓他啓動機關，趁機逃出城外。」莊森冷冷看他。「這人連怎麼啓動機關都一清二楚，你可別跟我說你不認識他呀。」

「胡人？胡人？」黃謙氣急敗壞。「不是，我眞的……我不知道什麼胡人呀！」

莊森見他急成那樣，倒不似裝出來的，便問：「你這逃生密道，有多少人知道？」

黃謙道：「這密道本來就是爲了戰亂時逃生所建，整個工程也不小，本門弟子幾乎都知道。」

莊森問：「天工門有多少弟子？」

「三百五十三人。」

莊森與上官明月對看一眼，跟著又轉回黃謙，揚眉看他。黃謙道：「我們生意遍及全國，當然廣收弟子呀。」

「此刻在長安有多少人？」

「三十幾個吧。」

莊森心想這三十幾個人都有可能將密道之事洩漏給胡人，想問出端倪只怕不易。他轉而問道：「那巨木機關是黃掌門親自設計？」

「是。」黃謙語氣驕傲。「耗費我許多心力，乃是嘔心瀝血之作。」接著神色一餒，「可惜莊大俠輕輕鬆鬆便給破了。」

「哪裡輕鬆？」莊森由衷佩服，「那六根巨木一經催動，宛如六大高手同時對我出掌，每一掌都對準要害而來，封住所有退路。要不是我見機快，抽身早，此刻已經化作一灘爛泥。事後想想，眞是捏了大把冷汗呀。」

「莊大俠神功蓋世，令人佩服。」黃謙語氣誠懇，似乎也是眞心佩服。

「也算你我運氣都好。」莊森說。「要是我功夫稍差一點，你跟玄日宗梁子就眞結大了。」

「是是是，眞是好險呀。」

莊森問：「這麼說，你不知道小屋機關啓動，有人走密道出城？」

黃謙搖頭：「那密道備而不用。除了每個月保養機關，平常不會派人守著。」

「那你也不知道巨木機關讓我拆了？」

「拆……拆了？」黃謙訝異。

「怎麼？不能拆嗎？」

「是不太好拆。」

「我把巨木都轉下來，放在房裡。你有空回去裝上就行了。」

「轉下來？你轉得動？」

「是呀。說起這個，」莊森話鋒一轉。「敢問黃掌門師承何處？與玄日宗有何淵源？」

「沒有啊，我們跟玄日宗怎麼會有淵源。」黃謙說著後退一步。

莊森低頭看他後退的右腳，笑問：「令師是？」

「我師父是隱居高人，吩咐我不得對外提起他的名諱。」說完又退一步。

莊森朝上官明月比個手勢，要她過來自己身邊。「你師父是否教過你一套內功，搭配機關運勁使用？」

黃謙繼續後退，點頭問：「你怎麼知道？」

莊森冷笑：「他沒告訴過你那是玄日宗轉勁訣嗎？」

黃謙身形一晃，飄到牆邊，握住一把掛在牆上的粗筒機關。莊森料想那是把發射鐵膽的連發暗器，於是凝神等著黃謙展開攻擊。想不到黃謙把那粗筒往下一拉，一陣機關聲響，屋頂落下石牆，擋在莊森二人與黃謙之間。

後方隨即聲起，又是一面石牆落下，擋住外門。

黃謙走到牆上一條拳頭大小的洞前，單眼看向屋內，說道：「莊森，我跟你無怨無仇，你何以壞我好事？」

「你才壞我好事呢！」莊森道。「那胡人已經在我掌握之中，要不是你那巨木機關，我早抓到他了。」

「笑話！耶律公子武功蓋世，豈是你一介莽夫可以匹敵？」

「耶律公子？」莊森問。「他是契丹人？」

黃謙語塞不答。

莊森笑道：「你告訴我耶律公子是什麼人、要上哪去找他，我保證不追究今日之事。」

黃謙大笑：「你今日能夠活著離開，再來找我吧。」說完轉身要走。

「喂。」莊森叫他。「玄黃天尊死了，你知不知道？」

黃謙僵在原地，緩緩搖頭，說道：「胡說。天尊是仙人，怎麼可能會死？」

莊森說：「一劍穿胸過，仙人也會死。」

黃謙神色猙獰，怒道：「不可能！你說謊！」

莊森問：「你與天尊有何淵源？機關之術是他親自教你的嗎？還是你偷他的書學來的？」

黃謙衝到牆邊，對洞吼道：「我殺了你，替天尊報仇！」

「他又不是我殺的，你胡亂報什麼仇啊？」

「你去死！」

左右兩側機關聲響。莊森不敢怠慢，跟上官明月一人抄起一張椅子，以防機關暗器。就聽見咻咻幾聲，四周飛來無數鋼釘。兩人舞動椅子，將幾輪鋼釘盡數擋下。確認再無飛釘，莊森拋下椅子，細看上官明月，問道：「師妹沒事吧？」

上官明月搖頭道：「沒事。」

頭頂傳來流水聲。莊森抬頭凝望屋頂，叫道：「不好。」出腳將桌子和放書的椅子踢向牆角，拉起上官明月拋到桌上。他一邊脫外衣，一邊奔向桌子，說道：「站在高處，留意頭上！」

上官明月問：「什麼東西？」

「多半是毒水，別沾到了。」

就聽見嘩啦連響，屋頂隔板紛紛墜落，大片黑水洩入廳內。莊森雙手撐開外衣，灌注強橫內勁，將衣服催動得像把旋轉不休的大傘，濺開落下的黑水。

黑水洩完之後，莊森拋下外衣，回頭又問：「師妹沒事吧？」

上官明月語氣微顯不耐：「師兄，我能照顧自己。」

「是是是，算我多事。」

兩人看著滿地黑水，聞到一股刺鼻氣味，也不知道是什麼毒。莊森服過玄藥眞丹，百毒不侵，絲毫不懼，正要跳下地去，突然察覺上官明月身形一晃。他轉頭一看，只見上官明月兩眼充血，嘴唇發白，知道這毒水厲害，光聞氣味便能令人頭暈目眩。他取出懷中藥袋，拿出一片樹葉，遞給上官明月。「這是泡過百毒解的薄荷葉，放在嘴裡咀嚼。」

上官明月閉上雙眼，咀嚼片刻，感覺好過許多，想起適才語氣，不禁臉色一紅，低頭道：「多謝師兄。」

莊森跳到地上一塊剛剛落下的隔板上，濺起些許黑水，但至少沒有直接站在水中。他長吁口氣，四下打量。正沒理會處，上官明月解下身後揹著的長布包，拿出裹在裡面的兩根銅棍。她將兩根銅棍接在一起，變成一根長棍，丟給莊森。「師兄，我師父說過，要破機關，得帶長棍。」

莊森笑道：「原來師妹有備而來。」他拿長棍在屋頂戳來戳去，終於找到一塊空心的部位。他勁運銅棍，輕輕躍起，朝那塊屋頂一棍插入。就看到有塊一人見方的木板突然粉碎，一團白色粉末飄然而下。莊森甩動銅棍，甩開大部分粉末，但還是有不少沾上了身。他毫不在意地輕輕拍掉身上粉末。

上官明月咋舌不已，說道：「師兄當眞是百毒不侵？」

「可不是嗎。」

莊森縱身而起，跳入屋頂大洞，片刻後在洞口道：「師妹，摀住口鼻，上來。」

上官明月取出手帕，遮蔽口鼻，在後腦上打結。她看準地上的隔板，連跳兩下來到大洞下。莊森從洞內垂下銅棍，上官明月卻不抓銅棍，足下一點，輕巧上房，落在莊森身旁。

莊森笑道：「師妹好輕功。」

上官明月道：「比不上大師兄，但也無須師兄隨時照顧。」

「何必如此好勝呢？」

上官明月四下打量，只見二樓空間狹窄，滿是齒輪機關，中間還有幾塊巨磚擋路。她瞪眼道：「天工門我來過三次，想不到二樓全是機關。」

莊森指向牆上幾組一模一樣的齒輪皮帶，說道：「那些是發射鋼釘用的。樓下一拉拉柄，這邊齒輪轉動，開啓牆上釘孔，然後繃緊末端撥片，到底後彈開，鋼釘就射出去了。」

上官明月問：「師兄連這些都懂？」

「不然怎麼當大師兄呢？」他比向後方兩個大木槽，「剛剛的毒水都裝在那裡面。機關啓動後就流到地板夾層中。夾層承受一定重量後就會自動倒塌。這機關淺顯易懂，難在如何讓夾層隔板同時塌下。灑毒水倘若有分先後，底下的人就容易閃躲了，是吧？」

「你剛剛一棍下去，整塊板子都坍了？」

「那塊板子泡過藥水，混了藥粉，倘若打爛就會中毒。」他回到地上的大洞旁，比向邊緣的栓孔。「其實那塊板子是可以放下去的，這裡就是他們給自己人留下的後路。」

「還有其他出入口嗎？」

莊森往屋後走去，路過地上一道一尺厚的淺溝。那是剛剛落下擋路的石牆。上官明月跟著過去，看向兩側夾住石牆垂落的齒輪機具，說道：「我以為這種東西都是用繩索吊著，要用時砍斷繩索就掉下去。」

莊森道：「這牆多重啊，光靠繩索怎麼吊得穩呢？再說，要是直接墜落，如何保證石牆落地後不倒下去？」他看著腳下的石牆頂，嘖嘖兩聲，說道：「這面石牆又重又寬，整面一次放下可難得緊。如果是我，可能會分成三面牆來做，且上方的承載機具會更大。這黃謙可眞不簡單，本門中只有五師伯能在機關製作上跟他鬥法。」

他拿銅棍在地板上敲打，聽音找出暗門所在。這扇暗門同樣設有機關，直接開啓會中毒針。莊森仔細觀察，解鎖機關，打開暗門，跳了下去，來到適才石牆落下後黃謙所在的後半段廳堂。

上官明月落地後問道：「師兄，你剛剛跟黃謙說起一位玄黃天尊？」

莊森朝廳後木門走去，一邊檢查機關，一邊說道：「玄黃天尊是本門的大對頭。半年前已經死在六師伯劍下。」玄黃天尊確實死在孫可翰的玄天劍下，不過持劍穿心之人卻是拜月教月盈眞人。莊森不想讓一般弟子知道本派與拜月教聯手之事，以免被人亂扣通敵叛國之名。

上官明月恍然大悟：「六師叔傷重難癒，便是因為此人？」

「是。」莊森推開木門，其後是間狹窄石室，對面牆上有明顯暗門縫隙。他開始尋找開門機關。「玄黃天尊一戰，六師伯元氣大傷，也不知道還有沒有復元的一天。」

上官明月問：「這個對頭如此厲害，咱們怎麼都沒聽說過？師兄說他教黃謙轉勁訣，莫非他是玄日宗的人？」

莊森立刻後悔在上官明月面前提起此事。玄黃洞一役，他至今心有餘悸。原先以爲天尊既死，此事便算完結，想不到過了半年又在漢陰山遇上小妖怪燕珍珍。那幾張大道神功殘頁宛如幾顆巨石般壓在他心頭上，令他時刻不安。當時懷疑黃謙也跟燕珍珍一樣繼承玄黃天尊的功夫，便顧不得上官明月在場，想著一定要弄清楚此事才行。

他說：「玄黃天尊已死，他與玄日宗的恩怨也沒什麼好說的了。他的學問亦正亦邪，教出來的弟子也未必眞的會做壞事。但既然黃謙想殺我們，我們也不能讓他日子好過了。」

莊森取下牆上一片假磚，拉動其中機括，暗門嘎拉嘎拉往一側滑開。門後是一道向下的石階。莊森拆開銅棍，將一截交給上官明月，兩人持棍護身，迅速下樓。莊森近日沉浸在掌法之中，等閒不使兵器，但在此處處都是機關之地，拿根棍子總是安穩點。

樓下是座大地窖，牆上火把照明，擺滿各式工坊機具，顯是天工門製作機關器具之所。一眼望去，地窖中空無一人，然則大型機具甚多，也不知道有沒有人埋伏在裡面。

右側有流水聲，似有地下水道。莊森探頭一看，見有挖池蓄水，以供工坊使用。莊森和上官明月側耳傾聽片刻，沒有任何動靜。

莊森越過幾張工作大桌，走向地窖深處，說道：「這地窖深入地底，但通風良好，不濕不悶，不知是怎麼弄的。」

上官明月突然停步。「師兄，有血腥味。」

兩人立刻散開，四下搜尋，一共找到三具屍體。三個都是男人，多半是在此工作時遭人殺害。兩人穿心，一人割喉，血還在流，剛死不久。上官明月皺眉道：「此事說不清了，這三條人命定會賴在玄日宗頭上。」

莊森無所謂：「我常被人賴，倒也沒什麼。事情總是會有水落石出的一天。」

「師兄怎麼看？」

「殺人滅口呀。」莊森自一具屍體身邊站起身來。「全都一劍斃命，凶手身手不凡。」

「黃謙殺了自己門人？」

「當然不是。」莊森走到地窖一角。該角落是幾塊大裸岩，沒有跟地窖其他部分一樣砌以平整磚牆，多半是因爲裸岩堅硬，難以鑿穿之故。莊森拍拍其中一塊大岩石，說道：「封門石。黃謙自此處逃脫，落下封門石阻擋凶手。」

上官明月神色警覺，轉身朝向地窖，說道：「除非地窖另有出口，不然凶手尚在此間。」

階梯方向傳來動靜，莊森與上官明月同時搶上，只見一條人影奔上石階，轉動機關關閉暗門。莊森趕到時，暗門已經滑動到僅容手臂通過。他當機立斷，將銅棍插入門縫，意欲卡住暗門。暗門嘎拉一聲，夾彎銅棍，只留下一條半吋長的縫隙。

莊森左右找尋開門機關，發現牆上的拉柄遭人折斷，從這一側已經開不了門。

上官明月花容失色，顫聲道：「我們……出不去了嗎？」

莊森笑道：「不怕，交給師兄。」他其實笑得有點勉強，但此時此刻，除了這麼說外，總不能跟她一起害怕。

莊森領著上官明月回到封門石旁，說道：「此人所習的機關之術，與本門同出一轍。倘若他當初設計封門石有留後路，咱們便能靠轉勁訣推開巨石。」

上官明月不抱希望：「師兄啊，這塊巨石重逾千斤，就算輔以轉勁訣，也得要本門絕頂高手才推得動……」

莊森指著自己：「給師兄點信心。我也是絕頂高手呀。」

上官明月搖頭：「我知道師兄是絕頂高手，但黃謙不是呀。他若推不動，又何必留此後路？」

莊森認爲她言之有理，但嘴裡還是說道：「試試無妨。」

莊森運起轉勁訣第九層的功夫，使盡吃奶的力氣，封門石紋風不動。

莊森罷手收工，喘幾口氣，搖頭道：「換個地方。」他帶上官明月走到蓄水池前，打量地下水道，說道：「師妹以爲這裡游得出去嗎？」

那水道入牆處寬達半丈，水夠深，可游泳，但入牆之後便看不出寬窄了。上官明月道：「這……不游游看怎麼知道？」

莊森點頭：「師妹身材嬌小，這就脫了衣服游游看吧。」

上官明月瞪眼道：「師兄！」

莊森哈哈大笑：「本來就是妳去游才合理呀！」

上官明月臉紅：「你游不過去，我也游不過去的啦！」

「好啦！好啦！我游就是了！」

莊森脫去上衣，除掉鞋襪，跳入水中。片刻過後，浮出水面，搖頭道：「水道窄小，游不出去。」

莊森在地上癱了一會兒，開始起身穿衣。上官明月心下著急，問道：「師兄，眞的窄到擠不過去嗎？要不要我下水去擠擠看？」

「這會兒妳又肯下水了？」莊森邊穿鞋襪邊道。「師兄是不介意妳下水游游啦，但是妳過不去的。」

「那怎麼辦呢？」

莊森穿好衣服，拉把椅子坐下，打量石窟內的器具。「別急。這裡這麼多東西，總有派得上用場的。咱們四處瞧瞧。」

兩人瞧了半天，最後來到一張大木桌前。莊森看著木桌上的瓶瓶罐罐，沉思不語。上官明月等候片刻，指著桌旁的大丹爐，問他：「這是幹嘛？煉丹嗎？」

「硫磺。木炭。硝石。皂角子。馬兜鈴。雄黃。」莊森拿起桌上一個藥缽裡混好的粉末，端到鼻孔前聞，皺眉道：「黃謙也在研製黑火藥。」

上官明月問：「火藥不就是用來放飛火、打信號什麼的，還有什麼好研製的嗎？」

莊森搖頭：「河東軍傳出消息，有人製成了天搖地動的強力火藥。如今只怕各大節度使都已經在找人研製這玩意兒了。這東西用在戰場上，死的人可多了。」

上官明月愣愣看他，問道：「那是謠傳，並非確有其事吧？」

莊森嘆了口氣，搖頭道：「不是空穴來風。」

上官明月遲疑道：「難道師兄你……」

「我沒那麼厲害。」莊森笑道。「這裡的東西也做不出那種威力。不過夠用了。」

「夠用什麼？」

莊森自桌旁拿起一塊布，鋪在桌上，按比例調配火藥。「當年孫思邈在《丹經內伏硫磺法》中傳下的火藥配方跟如今的火藥也差不了多少。孫思邈此人，既是名醫，又是方士，實在是了不起的奇才。我莊森既然醫術高明，總也得懂得煉丹之道。」

「師兄要煉長生不老藥嗎？」

「那個等我老了再說。」

莊森包了兩包火藥，拿到石階上的暗門前。梁棧生曾教過他黑火藥的配方，囑咐他只有必要時才調配來用，千萬不可調好了帶在身上。以他手邊材料，配不出威力強大的黑火藥，不過足以產生高溫。他把藥包塞到銅棍上的門縫裡，拉開一條泡油的麻繩，點燃後拉著上官明月跑下石階。一陣猛烈燃燒過後，他們回到暗門前，適才塞藥處燒得一片火紅。莊森接過上官明月手上的銅棍，在火紅處敲打片刻，石門上被打出一塊大缺口。他將銅棍插入門縫缺口中，使勁推拉。石門微微鬆動，退開一吋，又再卡住。莊森讓上官明月扯銅棍撬門，自己則運掌拍門。數掌之後，牆中齒輪盡碎。莊森和上官明月合力撬門，終於把門拉到足以側身通過的地步。

第二道暗門沒關。兩人回到天工門機關廳上。兩道擋路的石牆已經拉起，行凶之人早已跑得不見蹤影。莊森自椅子上拿起他剛買的新書，但書都讓毒水濺得一塌糊塗，不能看了。他嘆口氣，放下新書，說道：「走吧。」

上官明月怕門外有人把守，搶先湊到門邊，探頭打量屋外情況。屋外的窄院裡躺了兩人，多半是凶手逃亡時順手宰了。莊森趕上去探他們氣息，皆已斷氣。

上官明月拍拍莊森肩膀，說道：「師兄，我們上屋頂，從後門走。」

莊森道：「凶手手段凶殘，不知道天工坊的人怎麼樣了。咱們得出去看看。」

上官明月道：「不怕。凶手爲求低調，盡量不亂殺人。我猜他也是從後門走的。」

莊森皺眉：「妳認得他？」

上官明月道：「瞧身影像。」

「誰？」

「長安分舵前舵主，劉大光。」

莊森愣了一愣，長嘆口氣，說道：「妳先走，我去前面瞧瞧，一會兒後門會合。」

上官明月無奈搖頭：「一起去吧。」

莊森在前引路，穿越走道迷宮。所幸一路上未再見到屍體。不一會兒來到前院工房區，見天工坊的伙計還在忙進忙出，沒有絲毫異樣。莊森道：「看來沒人知道出事了。咱們再退回去，且看凶手有否留下蛛絲馬跡。」

兩人沿路回到天工門機關屋，查探四周足跡，上屋頂追敵蹤。從後院翻牆出天工坊後，街上人馬雜沓，什麼蹤跡也尋不到了。

第五章　尋天

「說說劉大光這個人。」莊森邊走邊說。兩人一時之間沒有其他目標，只能在街上慢慢往長安分舵晃去。

「劉師兄是師父最早收的徒弟，武功深得師父眞傳。莊師兄西遊回來之前，他就是本門二代弟子的大師兄。」上官明月說。

「長安分舵乃是本門十大分舵之首。他能任長安分舵舵主，自非泛泛之輩。」

上官明月點頭：「從前江湖傳言，都說劉師兄當年是擔心自己的武功把趙言嵐師兄比下去，會讓師父難做，所以才請師父把他調出總壇，執掌分舵。倘若他一直待在總壇，如今肯定是六部司房的掌房使了。」

「妳說從前江湖傳言？怎麼後來不是這樣傳了嗎？」

上官明月嘆氣，說道：「這話我本來是不會說的，但既然劉師兄沒有回歸本門，如今我又接掌分舵，莊師兄問起，我便不隱瞞了。劉師兄遠離總壇，只是不想讓師父管而已。長安分舵油水多，權勢大，他在這裡過得可逍遙了。」

莊森問：「妳的意思是他作威作福？」

上官明月低頭：「是。」

莊森深吸口氣，問道：「二師伯作亂，他可有參與？」

「小妹不知。」

「妳……」莊森停頓，但還是把話問完。「妳沒參與吧？」

「沒有！沒有！我怎麼會？」上官明月氣急敗壞，忙著解釋，偏偏雙眼又突然紅了。她神色慚愧，低下頭去。「我沒有參與，毫不知情。這欺師滅祖之事……唉……然而……劉師兄所作所爲，小妹一直看在眼裡。事後想起……我也是在裝聾作啞罷了。長安分舵幹的那些事……很符合玄日宗在江湖上的形象。」

「比方說？」

上官明月想了想，說道：「長安分舵一直罩著荊南錢莊，而荊南錢莊又曾牽扯到流通假錢案。我知道劉師兄從中抽取大筆油水，但我不知他有沒有參與鑄錢之事。」

「喔？」莊森想起從前之事，說道：「我一直想查荊南錢莊，但後來遇上玄匪之亂，這事情就擱下了。妳說錢莊牽扯到假錢案，朝廷沒辦他們嗎？」

「易寶通把事情全推到長安荊南錢莊上，說是本地掌櫃一人所爲。當時大理寺已破獲關內道的鑄錢礦谷，假錢來源斷了，沒有證據扯上錢莊其他分莊，朝廷就沒繼續辦下去了。」

莊森揉揉太陽穴，問道：「劉大光在長安分舵有多少黨羽？」

「很多。」

「有多少現在還在長安分舵的？」

「他們大部分都沒有回來。」上官明月說。「我猜他們都還跟著劉師兄，但這半年來並未收到他們的消息。其中稱得上是他的黨羽，又有回報的，共十餘人。小妹執掌分舵後，把他們都調到其他分舵去了。」

「好。有魄力。清理門風。」莊森豎起大拇指。「倘若在天工門行凶之人眞是劉大光，妳怎麼看？」

「劉師兄做事……不問是非，眞說起來是沒什麼道德觀念。但他也不是一味地作惡。之前我們想要辦什麼案子，他都會放手讓我們去辦。我們要求援手，他也會幫。所以長安分舵的名聲還不算太糟，師父也從來不曾想要撤換他過。」上官明月沉思片刻，續道：「如今他自立門戶，多半是收錢辦事，價高者得。他沒什麼野心，不會自行圖謀，問題就在於是誰僱用他了。」

「唉，這才糟啊。」莊森嘆。「長安這個樣子，誰都可能僱用他。」

這時天上突然落下一物，啪哳一聲摔在地上，嚇得四周路人哇哇大叫。上官明月一個箭步，躲到莊森身後，兩手抓他手臂，驚問：「師兄！那是什麼啦？」

莊森看著地上，說道：「鴿子。插著箭，給人射下來的。」

上官明月自覺失態，滿臉通紅地回到莊森身邊，小聲說：「原來是鴿子。」她本非大驚小怪之人，只因今日多次驚魂，又對莊森無比敬佩，這才表現出這等小兒女的模樣。

莊森本想取笑她幾句，但見她神情羞澀，登時覺得不妥。私底下要怎麼糗她是一回事，但在大庭廣眾之下，他可不能削弱玄日宗分舵主的威風。他說：「是鴿子。走吧。」

上官明月突然又拉他。「師兄，這是信鴿。」

莊森上前撿起鴿子。羽箭透胸而過，鴿子落地前便已死去。鴿腳上的信筒刻有標記，不過不是玄日宗的。

人群中有人說道：「又射鴿子。不知道哪來的人這麼缺德，這幾日城裡的鴿子都讓他們給射光了。」

莊森抽出信筒中的小紙條，閱讀內容。那是不知道哪門哪派的人在跟掌門日常回報，看來沒什麼重要的。他問適才說話之人：「這位老丈，怎麼最近很多人在射鴿子嗎？」

「可不是嗎？天上一有鴿子，馬上就給人射下來了，也不知道有多少人在射呢。」

莊森見路旁有個乞丐，便將鴿子丟了過去。他擦擦手上血漬，跟上官明月走開幾步，問她：「分舵有養信鴿？」

上官明月道：「有。我們有事才會派信聯絡。沒聽說有人在射信鴿之事。」

莊森問：「什麼樣的人會每天信鴿往來？」

「樞密機關？」

莊森嗯了一聲，問：「我聽說樞密院跟神策軍一起廢了？」

上官明月點頭：「各節度使都有自己的樞密機關。他們在京城每天都會以信鴿與治所聯絡。」

「妳知道本宗的樞密機關嗎？」

上官明月停步，看著他問：「玄天院？之前是我負責跟他們聯絡的。」

「喔，那就好，我還怕妳不知道呢。」莊森說。「長安玄天院可有毀於玄匪之亂？」

「當初朱全忠布置周詳，玄匪之亂一開始，分舵就被抄了。我們忙著逃命，也沒空去管玄天院。」上官明月道。「我執掌分舵後，曾去探過玄天院，原址已經人去樓空。從前規矩，玄天院是不跟分舵主回報的，所以他們有可能在躲我，我也就沒有費心去找他們。師兄知道他們在哪兒嗎？」

「不知。」莊森道。「玄天院本來就神祕。他們全部都在玄匪之亂時消聲匿跡。五師伯重組本宗，他們也不主動回報。目前玄天十院中，除洛陽玄天院毀於玄匪之亂，就只有福州和成都玄天院有跟總壇聯絡。我這次來長安，任務之一也是要跟玄天院搭上線。」

「洛陽玄天院被毀，他們所藏的樞密文件都讓李克用搜去了？」

莊森搖頭：「沒。六師伯當時人在洛陽，他把一切文書通通燒了。」

上官明月鬆了口氣：「那就好。」

莊森側頭：「師妹熟悉玄天院如何運作？」

「實不相瞞，」上官明月說，「我之前在分舵過得不快活，本想轉調玄天院的。」

「先帶我去玄天院舊址瞧瞧。」

「師兄要去找他們？」

莊森點頭：「我想他們應該有在留意劉大光的行蹤。七掌櫃的事，他們也該有所聞。去找他們總是沒錯的。」

□

兩人回分舵交代事務，分派弟子散入市井，留意黃謙下落，並尋找射鴿之人。用過午膳後，上官明月吩咐備車，與莊森一同趕往東城親仁里言易書院，長安玄天院舊址。

言易書院本是玄天院門面，從前有在開堂授課。據上官明月所言，他們教學不認眞，也不針對科舉，以免有學生考上進士，書院聲名大噪，學生滾滾，生意興隆，那他們玄天院就不必辦正事了。

玄匪亂起，言易書院人去樓空，書院學生見書院不開門，吵著要退學費，書院始終無人出面應對。後來有學生帶頭闖入書院，發現整間書院空蕩蕩的，只剩下些不太値錢的家具。眾學生將能賣的家具瓜分，剩下的就砸爛洩憤。

莊森推開書院大門，步入桌椅殘骸之間，看著屋角蜘蛛結網，轉向上官明月道：「妳說這是一群文弱書生幹的？不是宣武軍？」

「聽說如此。」上官明月走到正廳側牆，推開兩扇窗戶，使陽光灑入，嘆道：「宣武軍肆虐過的長安分舵也沒比這裡慘到哪裡去。破壞這種事，誰來幹都差不多。」

「這裡是門面。裡面呢？」

兩人進前院，過廂房，整個言易書院巡過一遍，沒有任何蛛絲馬跡。莊森走到後院，路過柴房、廚房、茅房，找到馬廄與鴿樓。這兩個地方乃是玄天院最繁忙之處，如今一片死寂，無馬無鴿。

上官明月在馬廄中搜了半天，神色無奈：「我以爲他們會留下記號，告訴走散的同門何處會合。結果什麼都沒有。」

「我想玄天院做事仔細，多半早已約定好撤走地點，不必等到當眞出事再留記號。」莊森爬上鴿樓，個別檢視鴿籠。

上官明月摀著鼻子，站在樓下看他，說道：「他們走時定把所有鴿子都帶走了。這樣搜不出什麼，師兄別把自己弄髒了。」

「有人搜過鴿樓。」莊森道：「有的籠子被撬開，有的用劍砍開，有些籠裡還有血跡。」

「會是那些書生做的嗎？」

「不像。」莊森掰開鴿籠底的乾硬鳥糞，從中拔出一枚小信筒。筒身上刻有一橫線，上方鑿了個小孔。莊森將小信筒拋給上官明月，問道：「我沒接過玄天院的傳書。這信筒上有我們的標記嗎？」

上官明月道：「線上有孔，表示天字急件，依孔數不同，分爲天一、天二、天三急。若無孔，則是地字號的普件，有空再送就好。」

莊森問：「飛鴿傳書還得排班？」

上官明月點頭：「據說玄天院的信鴿都經過嚴格訓練，懂得認人。訓練一隻得花好幾年呢。」

莊森下鴿樓，回到上官明月身邊，問她：「爲什麼有人要搜鴿樓？」

「或許是要弄清楚玄天院的傳書規矩。」

莊森側頭示意，又往廂房走去。「連本門中知道玄天院的人都不多，外人如何知曉他們存在？」

上官明月跟在他身旁說道：「玄天院行事隱密，在樞密界卻很活躍。各大節度使失竊的文書、走漏的消息多了，自然知道有個神祕機關在暗中運作。將檯面上的對頭加加減減，要猜出是玄日宗在幕後主使並不困難。一直以來，各節度使的樞密機關都在追查玄天院，不過大部分連他們叫玄天院都不知道呢。」

莊森沿廂房一間一間搜下去，主要在看床底。上官明月問他：「師兄在找什麼？」

「暗門密道。」

「玄天院有？」

「洛陽的有。我想這裡應該都有。」莊森說。「不然，他們的樞密文書放在哪裡？」他自地上爬起，指著面前大床，說道：「在這裡了。幫我把床抬出來。」

兩人抬出大床，露出地上一扇大鐵門。莊森運轉勁訣，拉開鐵門，領著上官明月走下密道。密道的格局與洛陽玄天院差不多，只是所有書櫃箱筒都是空的，樞密文書全數清空。

上官明月鬆了口氣：「至少他們搬空了。」

莊森揚眉：「師妹很在意玄天院的樞密文書？」

「當然！這些東西絕不能外流。」上官明月道。「玄天院的人說他們查到的東西要是拿去勒索各大節度使，吃幾輩子都花不完。倘若拿去興風作浪，半年之內就能透過威脅利誘收買全國半數兵馬使。誰貪污，誰收錢，誰殺過人，誰叛國，他們的證據多到數不清。二師叔他們當真起事的話，玄天院的樞密軍機將會是他們成事的一大關鍵。」

「哈！」

「師兄笑什麼？」

「笑我天真。」莊森道。「竟然從未想過玄天院的東西這麼可怕。」

「師兄。」上官明月神色嚴肅。「你覺得獵鴿之人會不會在找玄天院？」

莊森搖頭：「長安城裡用信鴿的人這麼多，他們找誰都有可能。」

「各節度使收集軍機，都會依地緣因素有所偏重。況且他們能力有限，也不可能收集齊全。」上官明月說。「玄天院的樞密文書內容全面，大概只有宣武軍掌握的軍機能夠比擬。如今玄日宗實力大不如前，大家會想要來占此便宜，只怕也是理所當然。」

莊森推開鐵板，兩人回到廂房，合力把床搬回原位。「師妹說的不無道理。」莊森說著往外走去。「本來我只是無計可施，想找玄天院碰碰運氣，這下可真得想辦法把他們給揪出來了。事情一樁接一樁，差點忘了我是來查馬球案的。走，先回分舵。」

□

兩人坐車回長安分舵。副舵主來報，已在長安城內盯上了幾名攜帶弓箭、獵戶打扮之人，不過由於有人獵鴿之事已在長安城內傳開，如今放鴿子的人不多，沒看見誰當真在射鴿子，所以也沒拉人回來。上官明月拿出玄天院的小信筒，向副舵主解釋記號差異，派人出去尋找地上的死鴿，瞧瞧有無類似標記。莊森囑咐他們要特別小心。倘若對方當真在找玄天院，肯定也會在做同樣的事。

莊森問上官明月：「師妹，妳對分舵裡的信鴿，沒多大感情吧？」

上官明月一愣：「師兄想放信鴿？」

莊森點頭：「如此等人出手也不是辦法，只好我們自己放了。這附近有何高處？」

「大慈恩寺的大雁塔，塔高七層，可俯瞰長安全城。」

「方便出入嗎？」

「方便。大雁塔是佛門勝地，其中收藏了玄奘法師自天竺求來的經書，但塔外憑欄都可供長安百姓上去遠眺觀景，黃昏時分，美不勝收。師兄要去，可別忘了欣賞塔南門兩側的褚遂良石碑呀。」

莊森笑：「我是去辦正事呢。改天有空，師妹陪我去走走吧。」

「甚好。」

上官明月派人出去通知監視獵戶的弟子，約定半個時辰後放鴿誘敵。莊森獨自前往大慈恩寺。

大慈恩寺乃是長安最壯麗的寺院，太宗時為了請玄奘法師擔任住持，特在寺內修建翻經院，以便翻譯佛經。之後玄奘上表，請修大雁塔，收藏天竺來的佛經佛像。

之前因為柳蔭寺之事，莊森對佛寺觀感不佳，如今進了大慈恩寺，只覺莊嚴肅穆，靈氣非凡，絲毫沒有柳蔭寺那種庸俗市儈之感。莊森過大雄寶殿，逕自前往大雁塔。他刻意繞到塔南門，欣賞褚遂良的「大唐三藏聖教序」及「述三藏聖教記」兩石碑，瞧瞧門楣刻畫，觀看雁塔提名。眼看時間差不多了，他便爬上塔去，依靠七層憑欄處，盯著玄日宗長安分舵。

有人在跟蹤他。

莊森驟然回頭，只見身後有名中年僧人，正自低頭掃地。莊森心想：「佛寺中有個僧人跟著我上樓，這也不算什麼。看來是我疑神疑鬼了。」他回頭望向分舵，心裡又想：「那僧人落腳極輕，顯是身懷武功，且功力不俗。然則大慈恩寺的僧人會武又有什麼稀奇？話說回來，大慈恩寺縱然名氣大，卻非武林一脈，僧人即便會武，也不會高到哪裡去。難道有武林高手來此隱居？唉，就算如此，那又如何？我總不能跑來大慈恩寺，還問寺內僧人爲何跟蹤我吧？」

眼角白影一閃，長安分舵放出信鴿。莊森顧不了身後僧人，連忙盯著信鴿看。那信鴿往西南飛出百餘丈，突然身中一箭，直墜而下。莊森順著箭勢，尋找射箭之人，心下頗感佩服：「這信鴿飛得又快又高，對方一箭就把牠給射了下來。此人箭術精湛，非我能及，定是長年射箭之人。」他瞇起眼睛，掃視來箭方向的幾棟房舍，依稀看見某間屋頂有人在收弓箭。他斜嘴一笑，跳出憑欄。

大雁塔是四方塔，下方樓層比上方寬敞，莊森從第七層跳下，不會直墜地面，而是落在第六層憑欄處。他就這麼層層躍下，轉眼間來到底層，落在南塔門外。正待拔腿狂奔，出寺追人時，他突然心念一動，轉向身後，只見適才在第七層掃地的中年僧人，此刻竟站在南塔門內掃地。

僧人見他在看，夾起掃帚，雙手合十，面露微笑。

莊森吃了一驚，臉上不動聲色，一邊合十回禮，一邊倒退而去。那僧人提步而行，也不見如何急促，卻始終能在三丈之外跟隨莊森。莊森心下佩服，轉身全力奔跑，一路跑到大慈恩寺外，這才回過頭去。

那僧人站在寺門內，沒有隨他出寺。

莊森作揖道：「在下來得魯莽，未曾知會大師，得罪莫怪。」

僧人微笑：「施主有事，這便去吧。」

莊森道：「我事情忙完，再來向大師賠罪。」

「那也不必。」

莊森又看了僧人一眼，只見其臉不紅氣不喘，就連僧袍上也一塵不染，怎麼看也不像疾行狂奔過的模樣。他轉過身去，朝射鴿之人跑去，邊跑邊想：「這和尚武功高強，深不可測，想不到長安佛寺之中，竟有如此高手。瞧他模樣，似乎並無惡意，那又爲何一路追我出來？是了，要是我家莫名其妙來了個武林高手，我也得趕來盯著，是吧？」

不一會兒工夫來到獵鴿人所在街口，莊森看見上官明月站在對街，另有兩名玄日宗弟子守在房屋兩側。那棟房屋原來是座酒樓，喚作醉安居。莊森朝上官明月比個手勢，要她從大門進去，自己則繞到後方巷道，打算爬牆上樓。夕陽西下，天色漸暗，莊森就著夕照掩護，偷偷上了酒樓屋頂，伏在屋脊之後，探頭偷看對方。

此人虎背熊腰，輪廓深刻，是個胡人。他在屋頂鋪了張皮毯，坐於其上，旁邊放了只酒壺、一盤牛肉，還有兩個箭筒。胡人聚精會神，左顧右盼，留意東方有無信鴿飛起。

瓦沿突然冒出竹梯頭來，胡人立刻拉弓搭箭，對準竹梯。竹梯晃動幾下，上官明月探頭上來，看見胡人持弓對她，故作吃驚，慌道：「別射！別射！」見胡人沒放箭，她忙問道：「客官，掌櫃的讓我來問，你若還要待在上面，是不是要加點酒菜？」

那胡人壓低弓箭，問道：「哪裡來這麼標緻的姑娘？怎麼不是小二來問？」

上官明月笑嘻嘻地爬上屋頂，說道：「小妹聽說屋頂有個塞外英雄，忍不住就想上來瞧瞧。這位大爺生得好俊，不知道在屋頂做什麼呢？」

「打鳥。」

「你打到鳥，不去撿來吃嗎？」

「那個不勞我費心，自然有人去撿。」胡人看看上官明月，又側頭盯著竹梯，確認無人跟著上來。他道：「美人有興致，過來陪大爺欣賞日落。」

上官明月笑著上前，說道：「大爺的口音可真好聽，不知是哪兒人呢？」

「我是契丹迭刺部的人。」

「啊，迭刺部？那可是契丹八部之首呀。」上官明月讚歎：「我聽說你們的夷离堇很威風呢。」

契丹人神色驕傲：「我們耶律大王是天下第一大豪傑。」

上官明月問：「喔？耶律大王來到長安了嗎？」

「大王日理萬機，哪有時間來長安。」

「那英雄這次是跟誰來的呢？」

「是我們……」契丹人說到一半，突然警覺，舉起弓箭喝問：「姑娘何人？竟來探我口風！」

「小妹名叫上官明月，是玄日宗的人。」

契丹人拉滿弓弦，咯咯作響，說道：「姑娘就是玄日宗長安分舵主，『玉面旋風』上官明月？」

上官明月輕撫胸口，笑道：「原來英雄聽過小妹？小妹的名頭可響亮得緊呀。」

契丹人問：「妳找我什麼事？我可沒得罪妳！」

「事情是這樣……」上官明月說，「你射了我的鴿子，我要你交代交代。」

契丹人臉色一變，說道：「在下不知是姑娘的鴿子，是我不對，請姑娘恕罪。」

上官明月道：「恕罪可以，但我總得知道我的鴿子爲何而死呀。」

契丹人道：「就是……肚子餓，想吃烤鴿。」

上官明月瞪大眼睛看他。「你說我信不信？」

契丹人不再多說，鬆手放箭。

上官明月輕輕一翻，如同畫中仙子般閃過羽箭，順勢欺身而上。她爲了作戲，把劍留在樓下，這時赤手空拳，使出行雲流水般的雲仙掌。那契丹人生長大漠，出箭又快又狠又準，轉眼之間連發三箭。上官明月快掌輕拍，偏斜箭勢，三支箭分從她香肩左右掠過。契丹人掀翻皮毯，連帶酒肉拋向上官明月，趁機揹起箭筒，跳下屋頂。

契丹人方才落地，突然眼前人影一晃，莊森已經擋在他面前。契丹人一腳踢向莊森下陰。莊森左手輕撥，契丹人讓他帶得凌空轉圈。他應變甚快，一圈尚未轉完，已經搭箭對準莊森。莊森手一伸，連弓帶箭搶了過來。那契丹人一輩子沒給人搶過弓箭，心裡一慌，轉身要跑，卻又遇上上官明月。他大叫一聲，揮掌而上，跟上官明月交起手來。此人不但箭術精湛，武功也強，一雙肉掌使得虎虎生風，有點波斯武功的影子，但是大開大闔，增添三分豪氣，頗有大漠遊牧民族的氣勢。上官明月的雲仙掌以柔克剛，在契丹人剛猛掌勁之間流動。十招過後，她左手抓起契丹人後頸，右手封住他背心穴道。

「這位契丹英雄，功夫不錯呀。」上官明月押著他，笑嘻嘻說道。「憑你這種身手，待在屋頂獵鴿，實在大材小用。告訴我，你爲什麼要射我的鴿子？」

契丹人神色倔強，不肯回答。

「你們好多人在射鴿子，弄得長安人都不敢放鴿子了。」上官明月轉頭問莊森：

「師兄，這麼多契丹人跑來長安，圖謀不軌，算不算異族入侵呀？」

莊森故意嘆氣：「師妹，這帽子可不能亂扣，扣錯了是要打仗的。」

「我瞧他們就是想打仗。」

「別急，讓我來問問他。」莊森走到契丹人面前，問道：「耶律公子在哪裡？」

契丹人臉色一變，說道：「什麼耶律公子？我不知道。」

上官明月說：「師兄，契丹人只有皇族有姓，這個耶律公子多半是阿保機的後輩。」

「耶律阿保機家人丁興旺嗎？」

「人是不少……」上官明月突然想起一事，拉著莊森道：「師兄，我突然想起……去年我們得到消息，耶律德光私入中原。沒記錯的話，他曾在洛陽出沒。」

莊森問：「阿保機的兒子？」

「正是。」

「洛陽……」莊森尋思，「是玄匪之亂爆發前後嗎？」

「差不多。師兄也曾聽聞此事？」

莊森搖頭：「我知道當時三師伯在洛陽要跟契丹人會面，不過還沒會成就遇害了。耶律德光？」他走回契丹人面前，問他：「你們是跟耶律德光來的？」

契丹人神色一狠，咬斷自己舌頭，啪地一口吐在莊森臉上。莊森嚇了一大跳，叫道：「你……你這是幹嘛？」右手如風，把對方人中、承漿、地倉等口鼻附近的穴道盡數點了。「我不過就問你幾句話，何必咬舌自盡呢？」

契丹人惡狠狠地瞪他，不再多說，也不能再多說什麼。

莊森揮手招來旁邊的玄日宗弟子。「去跟酒樓借輛推車，把他推回分舵醫治。」

契丹人啊啊大叫，扭動掙扎，顯然不肯去玄日宗。莊森安撫他道：「好了，沒事。我只是要醫治你，醫好了就讓你走。」

契丹人猛力搖頭。

莊森怕強留下他，他又想出其他辦法自殺，於是出手解開他背心穴道。「好，你別再衝動了，我這就放你走。」

契丹人神色疑惑看著他，遲疑不敢走。

莊森對他說：「玄日宗調查此案，是爲了長安百姓性命著想。我們並不想多傷人命，就算你是契丹人也好。獵鴿之事，我們已經盯上了。不管你們爲何獵鴿，最好就此打住。耶律德光若有牽扯到梁王府馬球案……你告訴他玄日宗莊森想要見他。」他撿起地上半截舌頭，放在契丹人手上。「你若跟我回去，我或能幫你接回舌頭。你若執意要走，那就……」莊森不知長安城內有何外科名醫，於是望向上官明月。上官明月尚未開口，契丹人已經握著舌頭，拱手作揖，轉頭離開。

上官明月看著對方背影消失在一條巷口，側頭對莊森道：「師兄，我派人跟蹤他，找出耶律公子的藏身處。」

莊森搖頭。「不要。」

上官明月皺眉：「外族入侵之事，難道我們不管嗎？」

莊森道：「此人忠心護主，視死如歸。咱們別害死他了。」

上官明月道：「師兄慈悲，小妹敬仰。但這樣眞的好嗎？」

莊森看她一眼，搖頭道：「讓我想一想。」

□

天色全黑。莊森讓上官明月等人先回分舵，自己在街上閒晃，不覺間來到大慈恩寺。此刻寺門已關，他在門外呆立，倒也不是特別想要進去。他靠著牆壁，看著對街行人，思索近日之事。

莊森深信梁棧生「問民生，不問朝政」的宗旨，但近日來他越發覺得梁王府群豪的想法也有道理：天下不定，民生難爲。最大的問題在於，有太多太多問題都會牽扯到政爭，想要完全不偏袒某方根本不可能。就算他真的證明崔胤無辜，名正言順阻止朱全忠謀害宰相，他還是會得罪朱全忠。梁棧生知道此事絕非玄日宗自己說說就算，總得要與各大節度使取得共識才行。這半年間，他不斷派遣司禮房的弟子前往各大節度使治所遊說，宣告玄日宗中立立場，但各節度使總有所求。

「各不相幫？行！你先幫我如此這般。」

甚至還有人說：「你不乖乖聽話，不怕再來一次玄匪之亂？」幸虧說這話的人是清海軍節度使劉隱，不是什麼了不起的人物。卓文君上廣州深夜拜訪他一趟，他立刻就學乖了。

莊森想起師父，忍不住心裡難過。「師父身體不好，還得如此奔波。重振玄日宗之路，實在崎嶇難行。」他胸中鬱悶，輕輕嘆了口氣。

寺門啊的一聲開啓，下午的掃地僧探頭出來，看見莊森，說道：「施主為何站在門口嘆氣？」

莊森走到門口，朝僧人抱拳道：「大師好，在下玄日宗莊森，只因亂世無常，好人難做，這才心生感慨。打擾大師清修，還望莫怪。」

僧人哈哈大笑，說道：「莊施主好客氣，你這麼嘆口氣，怎麼會打擾我清修呢？再說，我身在長安第一大寺院裡，談得上什麼清修？」

「敢問大師法號？」

「小僧法號慈音，請施主別再叫大師了。貧僧在慈恩寺只是個掃地僧人，叫大師會讓人笑話的。」

莊森問：「出家人怕人笑話嗎？」

「不怕。但總有人會笑話。」慈音敲敲寺門，又道：「莊施主既然來了，何不進來坐坐？請施主吃素齋。」

「叨擾了。」

走進寺門，只見門旁就擺了張舊木桌，兩張板凳。桌上有兩碗菜、兩碗飯。慈音請莊森就座，這才坐下，說道：「粗茶淡飯，不成敬意。我等莊施主敲門，等到菜都涼了。」

莊森問：「大師知道我會來？」

「施主走前不是說要來嗎？」

「大師不是說不用了？」

「客套呢！來，涼了，吃吧。」

素齋淡而無味，但莊森還是幾口就把飯扒完。他放下碗筷，說道：「大師學的不是慈恩寺本家的武功？」

慈音笑道：「僧人習武，爲的是強身健體，何必分門別派呢？」

「大師強身健體，也強得過頭了些。」莊森轉而問道：「只要寺內出現武林人士，大師就會跟在後面掃地嗎？」

「武林人士何其多，每個都跟，我地就掃不完啦。」

「敢問大師爲何跟我？」

「因爲我喜歡呀。」

「原來如此。」莊森問：「大師如此隨興，眞的是出家人嗎？」

慈音道：「穿僧袍不過是個選擇，出世入世也就是個選擇。莊施主一身暴戾之氣，不也是自己選擇來的？」

莊森錯愕：「我一身暴戾之氣嗎？」

「貧僧一個出家人，整天待在寺院裡，當然不知道什麼啦。就不知莊公子這兩天打過幾場架呀？」

莊森低頭：「好幾場。」

「是吧？暴戾。」慈音緩緩搖頭：「年輕人好勇鬥狠在所難免，不要太過也就是了。」

莊森辯解：「大師，我與人動手，也是逼不得已的。」

「施主功夫好，自然與人動手了。你要是功夫不好，會這麼常動手嗎？」

「我……」莊森遲疑：「我不知道。」

慈音道：「施主，莫看貧僧高深莫測，便以爲我無所不知。其實我也不過就是個躲在大慈恩寺中，十年不曾出寺的和尚。即便如此，我還是聽說過莊施主的名號。施主年不過三十，已然名滿天下，理應志得意滿才是，爲什麼會在寺門外嘆氣呢？」

莊森對慈音懷抱好感，心中一時感慨，便把心裡的事說給他聽。慈恩聽完說道：「阿彌陀佛。施主這煩惱好辦，貧僧幫你剃度，來大慈恩寺當和尚吧。」

莊森搖手：「大師說笑了。我是個世俗之人，總會自尋煩惱，出不了家的。」

慈音問：「照你說，煩惱都是你自己找來的？」

莊森答：「是我不能放下這些煩惱。但我已經分不清是非對錯了。一年前我剛出道時，是非對錯清清楚楚，行俠仗義非常簡單。短短一年之間，當初認定是錯的事，如今未必是錯。當初肯定是對的事，此刻也會令我遲疑。」

慈音道：「原來施主迷惘了。」

「是呀。」

「那是好事。」慈音笑。「人總要迷惘過，才能大徹大悟。若一生不曾迷惘，那可不妙啊。」

莊森問：「如何才能大徹大悟呢？」

「出家啊。」

「出……」莊森語塞。「敢問大師大徹大悟了嗎？」

「沒。還在悟呢。」慈音收拾碗筷，捧在手裡，另外一手夾起板凳，說道：「吃完了，收拾收拾。桌椅勞煩施主拿著。」

莊森將板凳放在桌上，抬起桌子，隨慈音走向寺內。伙房在大雄寶殿後面，要走一段路。沿途不少和尚路過，沒人理會他們，看來慈音在大慈恩寺中眞是個無人聞問的掃地僧。兩人先去齋堂放下桌椅，然後到伙房去沖洗碗盤。慈恩拿起一把掃帚，也給了莊森一把，兩人一起往大雁塔走，在塔外清掃落葉。

莊森也不說話，也不多想，就這麼跟著慈音掃地。月色皎潔，地上的落葉倒也瞧得清楚，不過大雁塔四周慈音下午已經掃過，所以也沒多少落葉可掃。兩人各自掃了一堆落葉，堆在塔旁，拄著掃帚，仰望明月。慈音問：「施主在想什麼？」

「什麼都沒想。」

「感覺如何？」

「輕鬆自在。」

「這樣你就懂我爲什麼喜歡掃地了。」慈音笑。「洗碗掃地，砍柴燒菜，每日做些日常俗務，什麼都不想，心境自然會好。」

莊森回想：「從前跟著師父西遊，每天都在做這些事。那時雖然感到日子無趣，但也確實輕鬆寧靜。」

「施主如今都不做這些事了嗎？」

「忙啊，沒空。」莊森道。他想到自己偶爾能夠待在總壇休息時，也都讓下面的弟子去做這些瑣事。如今莊森在玄日宗內地位極高，儘管弟子逢迎拍馬的風氣少了許多，但是因為景仰大師兄的風采而趕著幫他做事的人卻越來越多。「從前我以做菜為樂，看著師父把我做的菜吃完，心裡就開心。我都不記得上次進伙房是什麼時候了。」

「施主是俗世中人，煩惱是免不了的。偶爾做些簡單的事情忘卻煩惱，這是好事，要常做。」

「多謝大師指點。」

「好說。指點完了，談正事吧。」

莊森揚眉：「大師也有正事要跟我談？」

「阿彌陀佛。當然有的。莊施主放不下煩惱，煩惱自會找上門來。」慈音提起掃帚，指向大雁塔頂，說道：「這大雁塔乃是本寺藏經之所，裡面大部分是當年玄奘法師自天竺帶回來的經書佛器。照說梵文佛經，能看懂的人不多，想要的人應該也少。但若是玄奘法師帶回來的佛經，那價值與意義就不僅在於內容了。每年來此竊取經書之人，從來沒少過。」

「所以大師在此看守佛經？」

「也就是打掃大雁塔嘛。」慈音說。「一般宵小也沒什麼，當作遊客請出去便是了。」

「有遇過棘手人物嗎？」

慈音笑：「貴派現任掌門曾來教訓過小僧。」

莊森不住失笑：「慈音大師可是我五師伯的對手？」

慈音搖頭：「梁施主為人有趣，偷盜財物也有他自己的原則。他偷東西只要讓人發現，便不再偷。當日我送他出寺門時，隨口聊上幾句。他其實是個有心人呀。」

「是。所以我們才拱他出來當掌門。」

「掃大雁塔還有一個有趣之處，就是能聽到很多閒事。」

「閒事？」

慈音點頭：「貧僧也不知是何原因，但有許多高官雅士遇上有機密要事商談時，就喜歡約在大雁塔上。他們往往不會在乎旁邊有僧人掃地這點小事。」

莊森問：「大師聽到什麼了？」

「崔胤與人密會，協商軍隊教頭之事。」慈音微微側頭，續道：「我知道他的新禁軍駐紮何處。」

莊森訝異：「新禁軍？這是皇上授意的嗎？」

慈音說：「貧僧不知。皇上有無授意，重要嗎？」

莊森也不知道重不重要。朱全忠急著殺崔胤，多半就是因爲崔胤私建軍隊之事。倘若是皇上授意的，他豈不是連皇上也要殺了？然則話說回來，難道不是皇上授意，他就不殺皇上了嗎？「崔胤找誰當教頭？」

「人選有幾個，」慈音說，「聽起來最可能出線的是玄日宗劉大光。」

莊森心想劉大光武功高強，此刻又無門無派，帶群師弟出來自己做生意，只要價錢合適，訓練京城禁軍也是不錯的出路。只不過照上官明月所言，劉大光爲人勢利，當此局勢投向崔胤陣營，跟朱全忠作對，是不是有些不夠聰明？在天工門殺人滅口的若眞是劉大光，那他在馬球案中又扮演什麼角色？

「軍隊駐紮何處？」

「在城西二十里外一座無名山谷中。」慈音道。「貧僧足不出寺，不曾親眼見過。莊施主得找個本地熟門熟路的人去找了。」

莊森沉吟：「崔胤私建軍隊，縱然匪夷所思，卻也在情理之中。我知道他有也就是了，何必去找他們？」

「阿彌陀佛。」慈音長嘆一聲，抬頭說道：「施主請想，崔胤養兵，意欲何爲？」

「保護京城，對抗宣武軍。」

「如今朱友諒率七萬大軍封鎖長安，還威脅要抓崔胤殺頭。他養的兵若連對頭殺到家裡來了都不出面，養他們又做什麼呢？」

莊森皺眉：「或許軍隊尚未訓練妥當？」

「崔胤向百官保證，長安有兵可擋宣武軍。倘若他自身難保，誰又還能信他？」

莊森語音微顫：「大師的意思是……」

慈音道：「施主還是盡快找出他們的下落吧。」

莊森感覺勢態嚴重，當即掃帚靠牆，拱手道：「事不宜遲，在下告退。」

慈音道：「好。當機立斷。亂世就靠施主這種英雄了。」

莊森足不點地，像陣風般離開大慈恩寺。

第六章　無名谷

莊森回分舵，拉匹快馬，直奔京兆府。他與董軍約定，每日晚間在京兆府會面，分享進展，討論案情。剛巧崔均今日回到長安，也來京兆府探問案情。莊森趕到時，董崔二人正與京兆尹鄭元規內堂議事。

莊森一見崔均便問：「崔大人的禁軍在哪裡？」

崔均神色茫然：「禁軍？神策軍廢除一年多了。京城裡哪兒來的禁軍？」

莊森語氣不善：「崔總管，你來找我幫忙，就該老老實實。崔大人私建軍隊，多半就是梁王急著殺他的動機。這種事你都不告訴我，那不是誤導辦案嗎？」

董軍大驚，問道：「真有此事？」

「我……這……」崔均慌了手腳，連忙望向鄭元規。

莊森與董軍一同轉頭，說道：「原來鄭大人也知道？」

鄭元規搗著額頭，嘆氣說道：「自然知道。朱全忠殺盡宦官，朝廷中誰還敢做官？要不是崔大人見機快，在神策軍裁撤後立刻私建軍隊，滿朝文官早就跑光了。」

董軍搖頭：「崔大人也太大膽了些。這要是讓朱全忠發現，可是會丟腦袋的。」

莊森看他：「現在朱全忠就是要他的腦袋呀。」

董軍道：「難怪他殘殺證人，阻礙辦案。他打定主意要把馬球案賴在崔大人頭上。」

鄭元規道：「如今之勢，想救崔大人只能證明他與馬球案無關了。」

董軍豎起兩隻手指：「剩兩天了。再過兩天就是月底，我連一個證人都找不出，你要怎麼證明呀？」

莊森揮手要兩人住嘴，對著崔均問：「崔總管，老實回答我，朱友諒圍城，新禁軍爲何沒有出面？」

朱均擦汗：「我也不知道。」

莊森大聲：「都這個時候了！」

鄭元規上前：「莊大俠，崔總管確實不知。我們都不知道。城外要道都讓宣武軍封了。城西方面管得特別嚴。我們每天照三餐派遣信差去聯絡新禁軍，但是信差一個都沒有回來，信鴿也都飛不出長安。」

莊森恍然大悟：「原來獵信鴿是這麼回事。」

鄭元規問：「莊大俠也在查獵信鴿之事？」

「那個有空再說。」莊森對崔均道：「你畫張禁軍駐地的地圖給我。我跟董大人連夜出城，去跟他們取得聯繫。」

崔均道：「他們不識得莊大俠和董大人，還是我跟兩位走一趟吧。」

莊森搖頭：「此事危險至極。崔總管不懂武功，不可跟去。」

鄭元規取出一面令牌，交予莊森：「莊大俠，有我京兆府的令牌，禁軍會聽你說。」

崔均走去鄭元規辦公的桌前，磨墨畫圖。莊森邊等邊問：「禁軍教頭是劉大光嗎？」

崔均說：「是。」

「你們信得過他嗎？」

鄭元規問：「劉大光是莊大俠的師弟，怎麼你不信他嗎？」

「十幾年不見了，從前也不熟。」

鄭元規說：「他這個人是收錢辦事，只要收了錢，一定會辦事。可以信得。」

崔均畫好地圖，稍加解說。莊森看了看地圖，摺起來塞在懷裡，說：「董大人，我們走。」與董軍一同騎馬奔向金光門。

其時戌末亥初，城門已關。莊森帶董軍走天工門機關屋，自密道出城。董軍說：「莊大俠，出示京兆府令牌，城門衛士會開門。」

莊森道：「宣武軍攔截信差，城門肯定有人監視。我們走密道。」

到得城外，兩人趁著夜色掩護，捨卻大路，深入山林。董軍抱怨：「夜黑林密，要趕二十里路……」

莊森道：「人命關天，且看天亮前到不到得了吧。」

崔胤私建軍隊，本就是機密，是以在山林之中藏有隱密小徑，運送人員裝備。兩人走上半個時辰，終於找到小徑，之後趕路就輕鬆了些，兩人也才開始交談。

董軍問：「莊大俠說人命關天，是怕軍隊怎麼了嗎？崔總管說有三萬大軍，倘若他們跟宣武軍開戰，咱們不可能沒聽說吧？」

莊森道：「我在梁王府裡有內應。他們確實有在懷疑崔胤私建軍隊，但卻只知道渭水畔有幾座園子可能是據點。至少昨日還是如此。我擔心在對付新禁軍的不是宣武軍。」

「那會是什麼人？」

「在長安射信鴿的是契丹人。」

董軍訝異：「這你也查出來了？」

「梁王府的人也在追這批契丹人，他們應該不是一夥的。」莊森越想越煩。「根據我的經驗，暗地出手的人往往比在明的人更加可怕。」

董軍點頭，跟著又搖頭：「但在此事上，沒有人會比朱全忠可怕了。唉，長安每出大事，就會牽扯出各方人馬。」

莊森問：「七掌櫃之事可有進展？」

董軍搖到頭都快掉下來。「七掌櫃死了。」

莊森吃驚：「死了？」

「死三個月了。死因不明。」董軍說。「長安藥局怕影響生意，一直瞞著沒說。」

莊森皺眉：「小清煙交易是三個月前就安排好的？」

「不是。」董軍說。「七掌櫃死後，有人接收了七掌櫃的生意。對方主動聯絡長安藥局，該有的分成都沒少給過。長安藥局一直在調查新七掌櫃的身分，可如今他們就跟所有七掌櫃的顧客一樣，只有七掌櫃去找他們，沒有他們去找七掌櫃。」

「這像話嗎？」莊森不信。「讓陌生人打著長安藥局的旗號做見不得光的生意？這不是把整個藥局的商譽都交給別人去了？再說，誰知道老七掌櫃是不是新七掌櫃殺的？」

「六掌櫃說由於一年之間遇上玄匪之亂和吐蕃入侵，導致他們貨源拿不到，貨款收不齊，還被劫了兩次鏢。如今長安藥局全仰賴七掌櫃撐著，就算老七掌櫃真是新七掌櫃殺的，他們也不能多說什麼。」

「那他們查出線索了嗎？」

「既然七掌櫃的人脈關係都讓新七掌櫃接收了，新七掌櫃多半是老七掌櫃的熟人，已經在他身邊潛伏許久。」董軍說。「藥局盯上了三個人在查，但是派去查他們的人全都在一日之內斃命。讓新七掌櫃警告之後，其他掌櫃也不敢再查下去了。」

「你有三人名單？」

「有。」

「這七掌櫃十分危險，董大人不可獨自追查。」莊森道。「回城後，我再跟你一起去找他們。」

「如此甚好。」

這時林中小徑接近林外的山道，二人遠遠看見燈火，聽見人聲，也就不再說話。如此默默走了半個時辰，深入山林，人跡罕至。董軍正想開口找點話說，莊森突然抓起他的胳臂，把他往樹後拉去。就聽見噌的一聲，地上已經多了一支羽箭。

董軍大驚失色，不敢吭聲。莊森探頭看了一眼，林間黑暗，瞧不出發箭之人身在何處。他低聲道：「待在樹後，不要現身。」說完撿起一根樹枝，看準三丈外一棵大樹，迅速衝了過去。他跑得快，敵人發箭也快。就聽見破風聲響，他還來不及看清箭勢，那箭已經插在他身後的地上，要不是他身法夠快，此刻已經中箭倒地。

莊森貼在樹後，轉頭看向董軍。董軍伸出右手食指與中指，意指對方有兩人。接著他左臂上挺，伸直三指，右手於手腕處連點三下。右臂上挺，左手握住右拳，向上攤開。左手撫胸，右掌前擺，轉個半圓。他放下左手，看著莊森，右手在眼旁比劃，問莊森看懂了沒有。

莊森哪看得懂，兩手一攤，大聲道：「用說的！」

董軍兩眼一翻，說道：「兩個人。左邊的在正前方三十丈外的樹上，約莫三丈高。右邊的太黑了，看不清楚，得引他出手。你先解決左邊那個，然後繞回來跟我包抄右邊那個。」

莊森道：「你比那樣是說這個？」

「你待過大理寺就看得懂啦。」

莊森挺起樹枝：「趁他們來不及變換位置，動手。」他施展輕功，斜裡躍起，踢中左前方大樹，轉而躍向右方。如此五度借力跳躍，閃過三支羽箭，衝到左側箭手面前時已經認清右方箭手藏身處。莊森在樹枝上灌注內力，使其硬如鋼鐵，朝左側箭手直刺而去。對方武功不弱，儘管在樹上閃避不易，還是仰身避過樹枝。莊森擔心久戰不下，會被第二名箭手偷襲，於是樹枝輕挑，震斷對方長弓。他丟下左箭手不管，轉身跳向右箭手，瞥見董軍也在底下往箭手逼近。右箭手拉弓搭箭，箭頭游移，一時拿不定主意要射誰。莊森擲出樹枝，刺穿對方右掌。對方弓弦一鬆，羽箭離弦，可惜毫無準頭，遁入暗林之中。

莊森一掌拍中樹幹，震得整棵樹搖晃不已，樹葉飛散，但那右箭手見機甚快，早已跳下樹逃命。董軍幾步趕上，拔劍攔路。董軍武功與莊森相去甚遠，但畢竟是大理寺卿，並非庸手。箭手讓他攔了兩下，逃不出去，莊森已經落在他身後，出指封了他穴道。

莊森回頭一看，左箭手已經跑得不知去向。他提起右箭手，壓在樹幹前，問道：「契丹人？」

箭手神色一變，悶不吭聲。

莊森又問：「耶律德光在哪裡？」

箭手瞪大雙眼，臉泛狠勁，面頰肌肉扯動，眼看就要咬舌。莊森手快，一巴掌打落對方下顎。箭手眼泛淚光，喉嚨咯咯作響，再也說不出話。

董軍說：「莊大俠，你打得他說不了話，還怎麼問？」

「不必問了。」莊森說。「這些人忠心耿耿，逼得急了會咬舌的。」他放開對方，走向林徑。「我點他穴道，半日不解。回頭再來找他。」

「要是讓他同夥救走呢？」

「那就救走。」莊森道。「他們埋伏林間，除掉所有信差。新禁軍的情況怕不樂觀。咱們盡快趕去。不知道還有沒有其他埋伏，可得小心在意。」

兩人回到林徑，繼續趕路。

董軍又問：「大俠剛剛問起耶律德光，可是耶律阿保機之子？」

「正是。」莊森道。「我不肯定帶頭的是不是他。但每當問起，他們就要咬舌自盡，想來應該是了。」

董軍感慨：「可惜大理寺裁撤了，不然外族這等人物進長安，我早該收到消息才是。」

兩人繼續往西走，沿途又遇上兩處埋伏，都讓莊森提前發現避開。破曉時分，兩人來到河邊，遠遠看見河谷入口。谷口狹窄，山勢陡峭，乃是伏擊的好地點。但此地已是新禁軍的地盤，照說不會再有契丹人埋伏。兩人沿著河畔前進。莊森摸摸懷裡的京兆府令牌，隨時準備拿出來表明身分。

來到谷口，不見放哨，卻隱隱聞到一股臭味。兩人神色大變，對看一眼，莊森自懷裡取出一條手帕，董軍則直接撕開衣角。兩人綁住口鼻，緩緩步入河谷。

谷口狹窄，但走出百餘步外後豁然開朗，河道兩岸都是大片空地，原先是樹林，但早被砍光。兩岸架有許多營帳，還有不少木屋及工事。兩岸中央各有大片空地，供操演練兵用。其時光線昏暗，依稀可見地上到處都躺著人，卻毫無動靜。營火黯淡，只剩餘燼。

空氣中瀰漫著濃重腐臭，遠比在谷外聞起來噁心。莊森服過玄藥真丹，能忍惡臭，但董軍忍無可忍，當場大吐特吐。莊森拿出片泡過藥酒的薄荷葉給他含著。片刻過後，董軍喘道：「屍……屍臭。」

莊森搖頭：「腐臭之中瀰漫一股藥味，有人醫治過他們。我們去瞧瞧。」

董軍抓住他：「還瞧什麼？都死光了！」

「董大人，三萬官兵的性命啊。」

董軍放開手，步伐不穩地隨他而去。

谷口是河道最窄處，只須涉水片刻便能渡河。莊森決定先從近處的左岸搜起。沿途走過數十名官兵，每個他都蹲下查看。所有人都昏迷不醒，所幸尚有氣息。他們手腳長滿爛瘡，噁心化膿，惡臭就是從那些腐肉上發出的。

莊森回頭，朝董軍比比鼻子前的布塊，說道：「包緊點。呼吸輕點。葉子好好含著，別吞下去了。」

董軍問：「是……瘟疫嗎？」

莊森搖頭：「若是瘟疫，不會數萬官兵同時染病，總會有沒染病的人外出求援。我看多半是中毒。」

不多時來到第一座營帳。莊森掀開帳簾，又是一股惡臭湧出，不過伴隨的藥味也更濃。莊森步入其中，發現小小的帳棚裡躺了約莫十個人，亂中有序，分作兩排平躺，中間差了幾個空位。營帳中央有個小火堆，在煎藥，藥味就是從那裡散發出來的。莊森回到帳外，發現外面的火堆上也有放藥，以悶燒的藥味減緩毒性。室外寬敞，藥味散得快，所以躺在外面的官兵疫情較嚴重。莊森一一把脈，挑上一個脈象最為平穩、臉上腐肉最少的士兵，往他嘴裡塞片薄荷葉，然後灌功喚醒他。

士兵緩緩睜眼，無神地瞧著莊森片刻，這才咳嗽一聲，虛弱問道：「找……找到解藥了嗎？劉教頭回來了嗎？」

莊森搖頭，拿出京兆府令牌，說道：「在下莊森，奉京兆尹鄭大人之命前來檢閱軍隊。這裡出了什麼事？」

「這裡……我們……」士兵晃晃腦袋，神色痛楚。莊森請董軍取水袋來，給士兵喝。士兵推開水袋，搖頭道：「河裡……給人下了毒。河水不能喝。」

董軍說：「這水是城裡帶來的，可以喝。」

士兵喝了幾口水，臉上恢復了些血色。

莊森問：「營區如此，絕非一天兩天的事了。河水不能飲用，你們又喝哪裡的水？」

士兵道：「校場以東的山坡有條小山澗。那裡的水可以喝。」

莊森問：「你們身體虛弱至此，還能走那麼遠去打水嗎？」

士兵說：「剛開始還能出去打水吃東西。後來……出帳的人漸漸回不來了。」

莊森思索片刻，對董軍說：「董大人，毒藥若是下在河裡，效力不可能持久。請大人拿個容器去裝點河水進來，我驗驗看還有沒有毒。」

董軍立刻出帳。莊森扶士兵坐起，以功力引導藥中藥性，驅退士兵的病徵。片刻過後，士兵精神大好，便將營區的事情說了出來。

半個月前，朱友諒率兵封鎖長安要道，新禁軍便一直等著崔胤下令出兵。等了數日，沒有等到，河谷駐軍卻在一夜之間悉數病倒。護軍中尉孫起知道此事絕不單純，立刻派遣病情較輕的屬下趕往渭水畔的禁軍祕密據點「曉月莊」，求助於禁軍教頭劉大光。劉大光趕到谷內，半日之間便查明是河水遭人下毒所致。此人身為趙遠志大弟子，不但武功高強，醫術也有火候。他當即命人散入山野，採集草藥，在營區各處煮藥，舒緩病徵。他留下五名師弟在河谷中照顧病患，隨即率領其他弟子出谷，幫大家尋找解藥。

莊森問：「你說劉大光有留五名師弟下來？但我們沒瞧見他們。」

士兵道：「他們五日之前突然失蹤了，所以我們才需要自行出帳找尋糧食飲水。如今煮藥的柴火已盡，藥材也用得差不多了。劉教頭再不帶解藥回來，新禁軍怕要全軍覆滅。」

莊森思索片刻，問道：「你們護軍中尉在哪裡？」

士兵道：「孫將軍在中軍帳。」

「帶我去。」

士兵撐著帳柱起身，發現自己儘管步伐虛浮，行走倒無窒礙。他說：「我……我這是好了嗎？莊大人治好我了？」

莊森搖頭。「我身無官職，不必叫我大人。此行沒帶勘驗器具，無法辨明對頭所使何毒。我是用通用的百毒解舒緩你的症狀，在你體內灌注內力補充元氣。你可以如常行動半日，之後就得再躺回去了。」

士兵道：「那我帶莊大人去找孫將軍，然後就去幫各帳補充飲水糧食。自從劉教頭的師弟失蹤，大夥兒都失去鬥志，以為死定了。唉，能撐一日是一日，只盼劉教頭還來得及回來。」

士兵與莊森走出帳外，剛好遇上董軍打水回來，三人便一同往中軍帳走去。莊森安慰士兵道：「不管對頭是誰，使的都是溫和毒藥。此毒難以痊癒，但也不易致命，只要飲水糧食無缺，你們還能再撐一陣子。」

來到中軍帳後，莊森照樣救醒護軍中尉孫起，對他說明情況。莊森問道：「孫將軍可知劉教頭去找解藥，有何線索？」

孫起道：「新禁軍如此隱密都被找出來下毒，可見對頭絕非泛泛之輩。但劉教頭在城內有他自己的人脈，要查出他們，總是有辦法的。」

「就是說孫將軍不知道他有什麼線索。」莊森失望。「那將軍知道劉教頭的師弟爲何失蹤？」

孫起看著隨莊森同來的士兵，似乎有什麼不便明說之處。莊森道：「將軍，事已至此，不必再管什麼軍心士氣了，你就說吧。」

孫起嘆氣道：「五日前，谷口巡哨……唉……駐紮在谷口附近的士兵回報說谷外有動靜。那五個副教頭出谷查看，然後就沒回來了。」

士兵大驚，愣愣看著他。

孫起道：「我怕影響軍心，就沒讓大家知道。隔日，我派人趕去曉月莊，但卻沒有回來，只怕……總之，之後大家病情惡化，也沒力氣再去求援了。」

莊森在董軍打來的水碗裡撒試藥粉，邊試邊問：「曉月莊除了劉教頭的人外，有沒有駐軍？」

「只有十來個人。曉月莊是要做生意的，咱們也不能派駐多少人過去。」

「看來要找解藥，也只能先去曉月莊了。」莊森看河水混入試藥粉後並無變色，說道：「河水已經沒毒，可以飲用了。」他心下盤算灌功需耗的功力，緩緩說道：「我身上還有十片解毒葉，可以再讓十個人活動半日。這半日間，就勞煩將軍指揮調度，補充全軍糧食飲水，能撐多久撐多久。」

孫起道：「莊大人，這渾身腐肉之苦可不好受。你若救不了我們，不如趁早說了，也省得弟兄吃苦。」

莊森不悅：「孫將軍說這什麼話？你身爲護軍中尉，有責任照顧全軍弟兄。不管希望多渺茫，都給我把人照顧好了。」

董軍勸道：「孫將軍，這位莊森莊大俠乃是玄日宗首徒，劉教頭的師兄，武林之中大大有名。得他相助，不愁拿不到解藥。」

孫起神色慚愧：「是，孫某失言了。」

莊森道：「請將軍挑選十名壯健親信，救醒了人好辦事。」

莊森花了整整一個時辰救人灌功。他功力深厚，灌功救醒一兩個人堪稱舉手之勞，但要連救十幾個人畢竟還是吃力。等所有人出去打水搬糧後，莊森又在帳中打坐片刻，這才站起身來。

董軍上前要扶莊森，莊森笑而拒絕。董軍問：「莊大俠，你沒事吧？」

「我功力消耗甚巨，四肢有點無力。」莊森道。「不過不礙事。走吧，咱們去曉月莊。」

董軍隨他出帳，走過躺在地上的士兵，來到谷口，這才面有難色說道：「莊大俠，新禁軍暫時死不了，解藥又有劉大光在找。咱們是不是該回長安去，繼續調查馬球案？期限只到明天，崔大人的命可掌握在我們手上呀。」

莊森搖頭：「新禁軍的情況並不樂觀，若不盡快找人幫忙，他們撐不過三日的。」

董軍驚道：「大俠不是說這毒不致命嗎？」

莊森道：「官兵身上腐肉甚多，傷口遲早發炎感染。加上飲食不足，缺乏蔬果，很快就會有人敗血而亡。我們得盡快找人運送新鮮糧食、蔬果、藥物進來。三萬人份，董大人可有計較？」

董軍神色凝重：「長安是運不出來了。趕往附近市鎮去辦，只怕三天內難以運達。就算運來了，也未必過得了宣武軍盤查。」

「唯今之計，只有先去曉月莊，跟新禁軍的人搭上線，再做計較。渭水畔的河景莊園總有些可用之物，先運點過來應急，總是好的。再說，我想下毒之人與馬球案脫不了關係。」

董軍問：「大俠以爲，是契丹人下的毒嗎？」

莊森道：「我昨日在城內見到貌似劉大光之人在追殺契丹人的同夥。倘若劉大光也盯上了契丹人，多半就是他們幹的了。董大人若擔心誤了查案，不如你先回長安，去玄日宗分舵找上官舵主幫忙。你說是我叫你去的，她會幫你。」

董軍點頭。「莊大俠，不是我不信你，實在是勢態緊急。那我就先回長安了。」

「順利的話，晚上還是在京兆府見。」

兩人不走昨晚的林間祕徑，沿河道而下，遇上山道後才分道揚鑣。

如今宣武軍封鎖長安，只讓長安本地人入城，大部分外地來的商旅都被迫待在城外，道上行旅者眾，渭水河畔的莊園客棧間間客滿。莊森在路上遇上兩處宣武軍設哨盤查，此刻他並不在宣武軍通緝名單上，故能順利通過哨所。他沒多久便打聽到曉月莊所在，不過由於道上有宣武軍巡邏，爲免引人注目，他也不能快跑趕路，只好慢慢走過去。

自河畔大道轉上山道後，迎面走來一隊宣武兵，擋在莊森面前，喝問：「你是玄日宗莊森嗎？」

莊森揚起眉頭，說道：「我是。」

「跟我來！」

莊森正在想要不要跟他走，突然發現身後也多了一隊宣武兵，封住他的退路。他自然不怕十幾名宣武兵，但若在山道上動起手來，定會引人注目，倘若惹來宣武軍追殺，事情可就棘手了。他乖乖跟人走，問道：「官爺，有什麼事嗎？」

前方的宣武兵道：「有人要見你，跟我來就是了。」

莊森只有跟著宣武兵走。他們沿山道走出一里多，途經好幾座園子。這些河景莊園一般都是午後才有生意，傍晚才有人潮，但由於宣武封鎖長安之故，一早園子裡就都是人。不一會兒走到一座有近百名宣武軍包圍的莊子，正門口有幾名便裝打扮之人，正自接受宣武軍官回報。莊森走到近處，看出在門口指揮的是梁王府高手，以顏如仙和月虧眞人爲首。再看莊園招牌，正是曉月莊。

月虧首先迎上，遣走護送莊森前來的宣武兵，低聲說道：「莊公子上哪兒去了，昨晚一直找不到你。你要我通知你梁王府攻打目標，但此刻已經遲了。」

莊森問：「是顏當家的在指揮？」

「是。」

莊森點頭：「過去看看。」

顏如仙拿著宣武軍官呈上來的山莊附近地形圖看，瞥見莊森到來，也不抬頭，說道：「聽說莊公子問路曉月莊，不知何故？」

莊森道：「我聽說我師弟劉大光在曉月莊，想來找他聊聊。」

顏如仙皺起眉頭：「劉大光？據說劉大光功夫很高呀。」她轉頭問道：「莊公子可知他爲何在曉月莊？」

莊森問：「你們把莊子都圍了，卻不知裡面有什麼人嗎？」

顏如仙道：「看來莊公子知道得挺清楚的。不如你告訴我們？」

莊森搖頭：「我不清楚。你們打算殺人嗎？」

「要看裡面的人合不合作了。」顏如仙心照不宣地笑了笑，問道：「莊公子知道我們爲何要圍曉月莊吧？」

莊森道：「我說不知道，妳信嗎？」

「不信。」顏如仙道。「莊公子辦案能力高明，本當家十分佩服。」

莊森感到無奈，說道：「此刻離月底尚有一日之期，大理寺還有時間證明崔胤無辜。顏當家的一定要現在就動手嗎？」

「崔胤有沒有殺朱大人是一回事，他私建軍隊，意圖對付我們家王爺，那又是另一回事了。」

莊森知道梁王府無論如何都會對付新禁軍，要勸退他們絕不可能，只不知他們打算對付到什麼地步。「顏當家，這些人忠於大唐，加入新禁軍也只是爲了保家衛國，或混口飯吃，希望當家的手下留情。」

顏如仙面無表情：「王爺怎麼說，我就怎麼做。手下留情這種事，也得看他們是否合作。莊公子若想幫他們求情，可以加盟我們王府。」

莊森搖頭：「妳知道我不會加入的。」

「是呀。太可惜了。」

曉月莊中走出一個男人，油光滿面，商賈打扮。他雙手高舉，跟門外軍官說話。片刻過後，軍官來報：「顏當家，曉月莊高老闆求見。」

「帶來。」

那高老闆來到顏如仙面前，鞠躬哈腰陪笑道：「原來是顏當家的！太好了！顏當家還認得高某嗎？」

顏如仙輕笑：「高老闆好。去年我們船廠幫你打造的遊河船還滿意嗎？」

「滿意！太滿意了！遊客都讚不絕口。我還打算跟顏當家多訂兩艘呢！」

「曉月莊生意興隆，恭喜恭喜。」

高老闆道：「當家的，敢問這麼多官兵圍著我們曉月莊……是怎麼回事？」

顏如仙道：「宣武軍查到長安有人私設軍隊，曉月莊窩藏匿賊，也不知是不是眞的？」

高老闆連忙搖頭：「絕無此事！絕無此事！」

「高老闆矢口否認，倘若我們搜出了逆賊，高老闆怎麼說？」

「這……」高老闆語音顫抖。「我們開門做生意，也不會調查顧客身家呀。就算有逆賊，這個，這個……也……」

顏如仙勸道：「高老闆幫我們指出逆賊，我保證不會騷擾其他客人。」

「這個……顏當家說笑了，我哪知道誰是逆賊？」

顏如仙大笑：「高老闆真識時務，知道這種事是打死也不能認的。你回去跟莊子裡的人說，宣武軍要拿逆賊，所有人待在房內，不要企圖逃跑。逃了會死人的。」

高老闆連忙跑回曉月莊，大呼小叫，通知客人。顏如仙等候一刻，下令入莊抓人。莊森心急，握住顏如仙左腕，說道：「顏當家，千萬不可傷人！」

顏如仙右手輕握莊森手掌，把它拉開，說道：「兩軍交戰，豈有不傷人的道理？莊公子要確保我們不傷人命，只有跟我們一起進去。但你若出手阻擋宣武軍，那就是公開反抗我們王爺了。此後玄日宗只怕再也沒有立場自稱中立。」

莊森愣愣留在原地，眼看宣武軍進門抓人。莊內先是傳來官兵叫罵聲，跟著是住客驚呼和哭泣聲。莊森皺起眉頭，看著坐鎮莊外的顏如仙，也不知道還能說些什麼，只盼領兵入莊搜人的月虧真人能夠管束官兵及手下，不要胡亂傷人。

片刻過後，兵器交擊，打鬥聲起。莊森忍不住衝到莊門外，試圖看清莊內形勢。前院中有十幾名官兵圍攻三名使劍男子，莊森認出他們使的都是朝陽劍法，乃玄日宗弟子。房舍內尚有更多打鬥聲，聽不出有多少人在打。莊森見前院三名人攻守有度，雖然不是一流高手，但應付幾個官兵還綽綽有餘。莊森希望他們逃走，但又擔心他們殺傷宣武官兵，把事情逼到難以轉圜的地步。他左顧右盼，剛好看見月虧跑出屋外。莊森朝月虧比個手勢，指指玄日宗弟子，要月虧盡快擒住他們。

月虧出手後，戰局立刻逆轉，三名玄日宗弟子很快就遭擒獲。不一會兒工夫，室內打鬥漸歇，牆外圍莊的官兵也把趁亂逃跑的人通通抓了回來。曉月莊的人加上住客遊客，全都用繩子捆了押在地上，在前院中跪了好幾排。

宣武軍官來報：「顏當家，共擄獲曉月莊眾二十一人，住客遊客五十三人。其中有十五人拒捕，僅三人武功高強。」

顏如仙問：「可有死人？」

軍官搖頭：「沒有。雙方都有受傷，但不礙事。」

顏如仙轉向莊森：「莊公子滿意了吧？」

莊森無言以對，苦笑回應。

顏如仙問：「劉大光不在裡面？」

軍官道：「屬下不知。」

月虧眞人走來：「會武功的，武功也不高。劉大光不在裡面。」

「嗯。」顏如仙點頭，吩咐軍官：「沒拒捕的，先拉到大廳看著，別讓人說我們虐待百姓。拒捕的留在前院。」

軍官領命而去。顏如仙取手絹擦臉，說道：「莊公子，一起進去？」

莊森摸摸鼻子，跟著進入曉月莊。原先基於中立，莊森只打算暗中協助大理寺調查馬球案，此刻這曉月莊一走進去，他就等於是踏進了個大泥坑，再要脫身就很難了。那三名玄日宗弟子跟他素不相識，又沒回歸本宗，等於跟師門脫離關係，莊森無須再講師門情誼。但他們幫長安城訓練新禁軍，總也是爲百姓盡力。如今曉月莊給挑了，他找不到人幫無名谷禁軍運送物資，那三萬兵馬多半撐不了三日。無論如何，他得跟來看看。

顏如仙來到十五名拒捕之人面前，低頭瞧著他們，說道：「誰是帶頭的？」

無人回答。

顏如仙又問：「誰想招供？」

默不吭聲。

「不招供，免不了就要吃點皮肉苦了。」顏如仙對軍官道：「打。」

十五名士兵走到俘虜身後，取來軍鞭，一人抽三鞭。眾俘虜皮開肉綻。硬朗的一聲不吭，大部分都放聲大叫，還有幾人給打得眼淚都流了下來。

顏如仙又問：「一打就知道了。十五個人，沒幾個硬朗的，遲早會有人招供，現在不招，只是多吃幾鞭罷了。我問你們，新禁軍駐紮何處？有多少兵馬？如何編制？」她走向右側，來到玄日宗弟子面前。「三位是玄日宗的人嗎？我聽說玄日宗自稱中立，想不到跟新禁軍勾三搭四。你們劉前舵主在哪裡？他是禁軍將領嗎？你們玄日宗是不是又要造反呀？」

一名玄日宗弟子罵道：「梁王走狗！如今玄日宗膽小怕事，無所作爲，老子再也不屑與其爲伍！你們誣陷玄日宗謀反，害死我多少兄弟？老子就是要訓練軍隊，專打你們宣武軍！」

顏如仙嘖嘖兩聲，惋惜道：「伶牙利齒，罵得痛快。有人想爲你求情，你還眞不留後路呢。」

莊森道：「顏當家……」

「唉，莊公子，」顏如仙回頭看他。「人家跟你們斷絕關係，他們做的事情扯不上玄日宗，這我是可以在王爺面前作證的。公子難道要保他們？保了他們，可不好保玄日宗喔。」

莊森悶了許久，心情欠佳，說道：「顏當家，妳不要以爲我們怕了梁王，我們只是不願牽涉政爭。妳也該想想，梁王願不願意爲了這幾個人與玄日宗爲敵。」

顏如仙輕笑：「莊公子終於說狠話了。本來嘛，你老是這麼畏畏縮縮，我看來都不像從前的莊公子了。梁掌門不讓你們牽扯政爭，就好像拔了虎牙，割了虎鞭。玄日宗想回家種田，也得看我們王爺給不給你種啊。」

莊森上前一步：「顏如仙！」

顏如仙也挺上一步，揚首道：「莊森！」

莊森與她對瞪片刻，卻也不能當眞動手。梁王府來了兩百來人，一旦動起手來，他頂多也就是自己脫身，對其他人不但沒有好處，還會扯上玄日宗的立場。他深吸口氣，慢慢退開。

「早知道你沒種。」顏如仙轉向軍官。「打。」

軍官下令，十五名俘虜又各挨三鞭。其中一人給打在頭上，當場血流滿面，暈了過去。他身旁的人以爲他給打死了，嚇得噗嗤一聲，拉了屎了。莊森無計可施，朝月虧眞人連使眼色。月虧微微搖頭，無能爲力。

「怎麼樣？說不說？」顏如仙問。「再不說要打死人了。」

適才說話的玄日宗弟子道：「大唐血性男兒，不會讓你們宣武軍爲所欲爲！」

顏如仙斜眼瞪他一眼，說道：「殺了。」

莊森大叫：「等等！」

顏如仙揚手阻止軍官下令，轉頭問：「莊公子還有話說？難道你突然間長回牙齒，長回了鞭？」

莊森道：「我知道新禁軍在哪裡。」所有人吃了一驚，全部轉頭看他。莊森繼續道：「妳保證不殺他們，我就告訴妳。」

玄日宗弟子吼道：「莊森！你這叛賊！三萬人的性命，就這麼葬送在你手裡！」

莊森皺眉看他：「推卸責任。我今天撒手不管，任由你們給宰了，那三萬人的性命，又算在誰的頭上？」

「你……」玄日宗弟子語塞。「我不要你救！」

莊森怕跟他多說會洩漏新禁軍的現況，讓宣武軍討價還價，於是不再理他，轉向顏如仙：「顏當家，妳答應我不殺人，我就告訴妳新禁軍駐紮何處。」

「我答應你不殺這裡的人。」

「三萬新禁軍也不能殺。」

顏如仙笑道：「莊公子愛說笑了。宣武七萬大軍對上崔胤三萬大軍，勝負之數還未可知呢，怎麼可能不殺人？」

「妳保證不殺他們，我就保證他們不殺你們。」

顏如仙神色一凜：「莊公子在新禁軍中官拜何職？」

莊森搖頭：「我不是新禁軍的人。」

「那你怎麼保證？」

莊森道：「憑我莊某人一句話，顏當家不信嗎？」

「別的事我就信了，事關三萬人命，還請莊公子說點令人信服的話。」

「妳保證了，我就告訴妳。」莊森見她遲疑，勸道：「顏當家，兵不血刃，瓦解三萬大軍，這是天大的好事。梁王府群豪自稱為天下蒼生著想，不可能是殘殺嗜血之輩。」

顏如仙揚眉看他，緩緩說道：「這事答應下來，我擔的責任可大了。倘若出了什麼事，本當家可是要人頭落地的。莊公子，本當家把頭交在你手上，可見我有多看重你，你可別拿我的性命開玩笑。」

「我莊森從不拿人命開玩笑。」莊森說。「請顏當家派遣五百兵馬，調動車輛，裝載新鮮糧食、藥草，再把附近醫術高明的醫生都找來。我們要去救人，不是要打仗。」

顏如仙問：「究竟怎麼回事？」

莊森道：「宣武軍圍城十幾天了，新禁軍始終未曾露面，顏當家不覺得奇怪嗎？」

顏如仙道：「自古兵不厭詐。摸不透敵人在想什麼，這才可怕。」

「他們遭人暗算，全軍中毒，若不盡快救治，三萬多人只怕難以倖免。」

顏如仙問：「你是說如果放著他們不管，他們就死定了？」

莊森點頭。「是。」

「那我們爲什麼要管他們？」

「因爲你們不管，他們就死定了。」莊森求她。「請顏當家慈悲。這亂世之中，總得要有點好事，不然世人怎麼活下去？有何理由活下去？」

顏如仙遲疑：「你要我答應不殺敵軍也還罷了，要救他們，我得請示朱友諒將軍。」

莊森拉她的手：「顏當家，妳回長安請示，不定會生變數。妳先給我五百人，我們能運多少東西救人，先運了，好嗎？」

顏如仙招來月虧及宣武軍官，問道：「怎麼看？」

那軍官名叫常一天，官拜兵馬使，負責長安城西圍城，乃是宣武軍此行地位僅次於朱友諒的軍官。他說：「兩軍正面交鋒，不殺無力之兵。倘若新禁軍眞如莊森所言，已無縛雞之力，咱們絕無道理趕盡殺絕。派五百人隨他運送物資，正好趁機查探虛實。倘若屬實，繳械了便是。」

顏如仙問：「要他們先投降，我們再救人嗎？」

常一天道：「那倒不必。投不投降，等見到他們軍官再議。先送物資示好，顯示宣武軍寬宏大量。」

顏如仙轉向月虧：「眞人怎麼說？」

「救。三萬多人，豈能不救？」

「是呀，三萬多人，豈能不救？」顏如仙沉吟片刻，說道：「長安方面，請示就不必了，通報一聲便是。請常將軍分派馬車，部隊裡的糧草先拿出來，再跟附近莊園徵調蔬果。派一隊人去長安請醫生，收購藥材。莊公子要些什麼藥？」

「讓你們找的醫生決定就行了。我還沒查出對方使的什麼毒，得要另外找解藥才行。這事我會去辦。」

「你知道下毒的是什麼人嗎？」

「尚不肯定，但有個底。」莊森拉過月虧，「眞人借一步說話。」

兩人走到一旁，莊森道：「下毒害禁軍的，多半跟上次那個胡人一夥。眞人還有線索嗎？」

月虧說：「我查出他們是契丹人，領頭的是耶律德光。確實落腳處還沒查出來，但多半就在西市附近。」

莊森說：「我也查到耶律德光。這表示契丹人是奉耶律阿保機之命潛入長安辦事的。吐蕃跟契丹有過節嗎？」

「據我所知，沒有大到要跑來長安獵殺吐蕃人的過節。」

莊森皺眉：「倘若馬球案中的胡人就是耶律德光這夥人，他跟朱友倫又有什麼關係？」

「牽扯外族之事，王府的人不會告訴我的。」月虧說。「莊公子倒該想想，耶律德光跟崔胤又是什麼關係？」

「他們有關係嗎？」

「他毒害了他的新禁軍呀。」

「是呀……」莊森百思不解。「他究竟意欲何為？」

宣武軍徵調車輛，趕辦物資，估計要兩個時辰才能出發。莊森徹夜未眠，在曉月莊中找間客房小寐片刻。睡醒之後，他洗把臉，抖擻精神，去廚房下碗麵吃。他找宣武軍問明囚禁「逆賊」之處，提了剛剛罵他的玄日宗弟子出來問話。

莊森解開玄日宗弟子的鐐銬，問道：「師弟如何稱呼？」

對方一口水吐在他臉上，罵道：「你可以叫我爹！」

莊森擦去口水，問道：「劉大光去了哪裡？」

「你這奸賊！賣了三萬禁軍不夠，還想來賣我們劉師兄？」

莊森搖頭嘆道：「你逞這口舌之快，究竟有何好處？」

「老子過癮！」

「過癮完了，又怎麼樣？」

「大不了讓你一刀殺了！」

「我若要殺你，剛剛又何必救你？」

「我說過不要你救。」

莊森神色威嚴，說道：「我既然救了，你這條命就是我的。給我坐下！」

那人還想再罵，突然跟莊森眼神相對，氣勢當場餒了，一口髒話卡在喉嚨裡，說什麼也罵不出來，最後頹然坐倒。

莊森道：「新禁軍性命垂危，你們卻躲在曉月莊裡，什麼也不幹，怎麼解釋？」

「我們有派人留守營地，照顧新禁軍。」

「他們都失蹤了。」

「什麼？」

莊森道：「護軍中尉孫起說他們五日前出谷查看動靜，再也沒有回來，多半已經遭遇不測。」

「這……這……」

莊森出示京兆府令牌，說道：「新禁軍失聯，長安官員都很焦急。鄭大人要我去探訪禁軍，結果發現整個營區腐臭難耐，所有人昏迷不醒，一個能起身的都沒有。要不是我昨晚及時趕到，此刻不知已死了多少人。」

「我……我不知道……」

「我本來到曉月莊，是想找你們商量怎生想辦法弄點糧食藥物去救他們，想不到你們讓宣武軍抄了。宣武軍控制長安附近要道，我們再也沒有途徑能夠及時運送物資救人。不把他們交給宣武軍，他們就死定了。」

「但……師……師兄，交給宣武軍，他們能活嗎？」

莊森道：「顏當家是生意人，懂得權衡利害。月虧眞人跟我有私交，不會不顧我的意思。宣武軍那個兵馬使看來擅長謀略，操作軍心。我相信他們不會對新禁軍亂來的。」他話峰一轉，問道：「好了，說吧，劉大光在哪裡？」

玄日宗弟子遲疑片刻，回答：「劉師兄查出下毒的是契丹人，而契丹人透過長安藥局七掌櫃居中牽線，在長安城內人脈很廣。劉師兄昨日去找天工門黃謙逼問契丹人消息，結果遇上了莊師兄及上官師姊。此事事關重大，我們商量過要不要找你們幫忙，但總覺得我們訓練禁軍，有違玄日宗新訂宗旨，最好別把你們牽扯進來。昨夜，劉師兄帶領幾個師兄弟進攻契丹人藏身處，意圖搶奪解藥，想不到竟鎩羽而歸。那些契丹人個個武功高強，爲首的耶律德光更是絕頂高手。劉師兄獨鬥耶律德光，打得難分難解，但我們受傷的人越來越多。劉師兄見敗象已露，便下令撤退了。」

莊森問：「那現在呢？」

「劉師兄說今天要回分舵，請上官師姊和莊師兄幫忙。」

莊森嗯了一聲，說道：「是這樣啊。」

門外有人敲門，宣武軍來報，物資備妥，可以出發。莊森讓人把玄日宗弟子押回囚房，出門去找常一天。臨走前，那弟子說：「師兄，拜託你了。」

莊森點頭：「不必擔心，交給師兄。」

第七章　舊友

莊森帶領以常一天爲首的宣武軍前往無名谷。其時離他出谷已經過了大半天，他治醒的十二人中已有七人累倒，又躺回去臥病。所幸孫起官高盡責，儘管身體虛弱，還是督促剩下的士兵搬運飲水。莊森找到孫起，與他說明情況，隨即讓宣武軍下去分派新鮮糧食。

五百名宣武軍，有近四百人入谷後便吐了一輪。莊森讓他們在谷口附近清出一片空地，堆放新運來的物資，生火燒了些驅蟲除臭的藥草，以便宣武軍順利做事。他請人把身體腐壞最嚴重的士兵抬到河邊，一一幫他們割除腐肉，清洗傷口。如此忙了一個下午，還處理不到百名士兵。到得黃昏時分，城裡請的數十名醫生趕到，莊森才終於鬆了口氣。

他向眾醫生說明病情，請眾人先從割除腐肉，減緩病情著手。一名老醫生說：「莊先生，切除腐肉，只是治標。咱們總得弄清楚他們中的是什麼毒，才能對症下藥。」

莊森點頭：「我知道。我今晚就去弄清楚。」

他去谷中校場找常一天和孫起，發現二人通力合作，忙著救人，只覺得那景象十分好看。他心想：「倘若天下軍隊都能攜手合作，不要兵戎相向，多好？」他苦笑自己天眞念頭，迎上前去道：「兩位將軍，這裡就交給你們。在下先出谷了。」

孫起目光泛淚，說道：「莊大俠，這裡數萬條人命，都是莊大俠救的……」

莊森比向常一天：「是宣武軍救的。」

孫起嘆氣：「我們的命，宣武軍是救不得的。這筆帳之後要怎麼算，只能走一步算一步了。」

常一天拍拍孫起肩膀。「之後的事，之後再說，先救人要緊。」

新禁軍中毒多日，無力照料馬匹，乾脆放馬往上游去自行覓食。莊森自河邊拉了匹正在喝水的戰馬，說道：「我要回長安找解藥。常大人，貴軍盤查哨所不會攔我吧？」

常一天自懷裡取出一疊公文，抽了一張交給他。「這是蓋有兵馬使官印的通行證。莊公子，不管顏掌櫃怎麼說，此事若非玄日宗居中處理，絕對不會有好結果。我認爲你們立場中立是對的，希望你們堅持下去。」

□

莊森快馬加鞭，趕回長安。來到玄日宗分舵時，天色早已全黑。大門外無人幫他牽馬。他把馬匹牽入前院，這才有弟子迎上，說道：「大師伯回來了。」

莊森見分舵裡的人比平常少多了，便問：「人都到哪兒去了？」

弟子說：「隨舵主出門辦事。」

「辦什麼事？」

「這個……」弟子神色遲疑。「是……前舵主劉師伯午後來找舵主。兩人密談小半時辰，舵主就召集人馬，同劉師伯出門辦事。」

「帶了多少人？」

「當時在分舵裡的弟子，差不多都帶走了。」

「那是多少人？」

「少說有百來人吧。」

莊森皺眉。他知道劉大光要找上官明月幫忙對付契丹人。劉大光已知契丹人不好對付，自然會要求上官明月多帶人手。只不過玄日宗分舵主帶了上百弟子在長安城內走動，不知道會驚動多少勢力。此刻只怕長安所有上得了檯面的人物都知道玄日宗有所動作。

「他們出去多久？」

「兩個多時辰了。」

另外一名弟子送上清水，把莊森的馬牽去馬廄。莊森想了一想，問道：「知道他們往哪裡去嗎？這麼久了，他們沒有跟分舵聯絡？」

「這個……舵主親自出馬，就不太會回報了。」

莊森在無名谷裡忙了一個下午，加上騎馬趕路，實在有點疲累了，於是在院子裡就地盤腿坐下。那名弟子忙道：「大師伯，我去給你搬張椅子。」

「不必。」莊森運轉內勁，調節氣息，問道：「大理寺董大人來過嗎？」

「一早就來了。舵主早上都跟著他在外奔波，直至午後方歸。」

莊森心想一個早上就忙完了，莫非他們已經找出七掌櫃？看來他得要盡快去京兆府打探情況。正要起身，門外跑來官差，大聲問道：「敢問莊森莊大俠在嗎？京兆尹鄭大人有急事找他。」

莊森站起身來，身旁弟子出門招呼官差入院。莊森道：「在下莊森，鄭大人找我有什麼事？」

來人道：「董軍董大人被人發現陳屍在崇賢坊溝渠中。」

莊森大驚：「什麼？」

「屍首已運至京兆府殮房。鄭大人請莊大俠盡快趕去。」

莊森吩咐弟子：「換匹馬，我又要出門。舵主若回來，請她去京兆府衙門找我。」

□

莊森換了匹馬，隨京兆府官差趕往衙門殮房。鄭元規和崔均待在殮房門外，見莊森趕到，立刻迎上。三人步入殮房，只見長桌上躺了具屍體，燈火下瞧得明白，正是董軍。

鄭元規問仵作：「驗完沒？」

「驗完了。」

「報。」

仵作道：「董大人是中劍身亡的。身上有三處劍傷，手腕、肩窩、心口。左手讓人齊腕斬斷，肩窩的傷口血肉模糊，似乎被人反覆戳刺。看來是死前遭人逼供。」

鄭元規怒道：「董大人官拜大理寺卿，辦案中遭人殘殺，這匪徒簡直無法無天了！」

莊森問：「他身上有何事物？」

仵作答：「董大人手中緊握一張字條。」說著呈上字條。字條血跡斑斑，上有三個人名。前兩個已經拿筆劃掉。第三個名字是「馬孝」，其後加註「崇賢坊識雲莊」。

莊森想起董軍說過長安藥局懷疑有三個人可能是新七掌櫃，這多半就是名單。倘若他劃掉前兩個名字表示排除他們涉案嫌疑，那他很可能就是在調查馬孝時遭人殺害。莊森問：「這個馬孝是什麼人？」

崔均道：「他是外地商人，半年前買下識雲莊，定居長安。他曾造訪崔大人，討論修繕北境商路之事。他跟諸方鄰國做生意，新羅、渤海、契丹等都有。自稱人脈極廣，可達各國王室。半年來他在長安混得有聲有色，崔大人已經要我派人北上調查他的虛實。」

莊森道：「董大人在查七掌櫃，看來多半就是此人了。朱友諒給的期限只到明天，我這就去識雲莊看看。」

「莊大俠！」鄭元規忙問：「董大人早上提到新禁軍都中毒了，莊大俠留在城外幫他們。不知道……」

莊森簡短說了請宣武軍幫忙救人之事。鄭元規和崔均聽完大驚，鄭元規道：「這……你……你竟出賣新禁軍？」

莊森不悅：「出賣什麼？不然你倒是說說看，不這麼做，要怎麼救他們？」

鄭元規說得理所當然：「保衛長安本來就是他們的責任。只要他們沒有現身，朱友諒投鼠忌器，未必敢當眞率兵闖入長安！你把他們交了出去，宣武軍再也沒有顧忌！」

莊森臉色一沉：「鄭大人的意思是，就算三萬多人毒發身亡，只要他們死在無名谷裡，沒讓宣武軍發現，他們就還有用處？你是這個意思嗎？」

鄭元規正是此意，但是莊森這麼問，他又怎麼敢承認？他慚愧低頭，輕聲道：「自保乃是人之天性。等到明日過後，宣武軍入長安，知道新禁軍之事的官員只怕無一能夠倖免。」

莊森心想他如此擔心也不無道理，便說：「鄭大人的性命已與崔大人繫在一起。只要能保住崔大人，鄭大人多半能夠逃過一劫。時間不多了，我先去找馬孝。」

崔均道：「識雲莊我去過。我帶莊大俠去吧。」

□

崔均騎術不精，與莊森共乘一騎，不一會兒趕到崇賢坊。兩人在街口下馬，徒步走向識雲莊。崔均邊走邊嘆氣，說道：「莊大俠，我懂你把新禁軍交給宣武軍的理由，但你這麼做，等於是判了崔大人和其他幾位大人死刑。」

莊森沉默片刻，問他：「照你看還會牽扯到誰？」

崔均道：「除了鄭元規大人外，我想皇城使王建勳、飛龍使陳班、閤門使王建襲、客省使王建乂、前左僕射張濬都會遭受牽連。」

莊森問：「這幾位大人的命有比三萬官兵値錢嗎？」

崔均不答，心事重重地領著莊森前行。一段路後，他指向對面的圍牆大門，說道：「那就是識雲莊了。」

識雲莊門口燈籠高掛，莊內燈火通明，一副富貴人家的氣派。莊森看著站在門外的兩名莊丁，盤算是要直接登門造訪，還是翻牆溜進去。倘若董軍眞是識雲莊的人殺的，他或許該先暗中查探爲上。莊森跟著崔均假扮路人，走過識雲莊門口，來到側面陰影處，說道：「崔總管，你認爲我天眞理想、不切實際。我不在乎。我知道我越來越像你們，我努力不要變成那樣。你告訴我，你難道希望我跟你們一樣嗎？」

崔均搖頭，跟著又搖頭。他說：「我希望什麼已不重要。倘若崔大人逃不過此劫，我也別想活命。莊大俠天不天眞，再也與我無關。」

莊森無言片刻，說道：「你先回去吧。有消息會通知你。」

崔均說：「回去也是跟崔大人窮緊張，我還是在這裡等你吧。」

莊森打算沿識雲莊外牆走一圈，找個好地方溜進去，但是才走過右方側巷便發現不能這樣做，因爲另外有人在監視識雲莊。他繞到後方小巷，上了民房屋頂，自更外圍繞行識雲莊一圈，看出起碼有三方人馬，共十餘人在暗處盯著識雲莊，顯然馬孝的身分已經洩漏。莊森趴在民房屋脊後，撫摸下巴，思考對策。便在此時，識雲莊大屋內走出一人，來到前院的池塘前佇足，望月興嘆。月光灑在他臉上，照亮他的相貌，竟然是個熟人。莊森怕是自己看錯，定睛瞧個仔細。錯不了，對方正是晉王府第十三太保李存孝。

莊森恍然大悟，想道：「七掌櫃如此神祕，卻又呼風喚雨，果然像是李存孝的作風。此人爲達目的，絕不手軟，殺個大理寺卿自然不算什麼。他武功高強，深藏不露，師承玄黃天尊，跟我也算半個同門。倘若動起手來，勝負尚且難說。」他翻身躺平，面對星空，繼續想道：「監視識雲莊的人，有高手也有庸手。憑李存孝之能，絕不可能沒有發現。他獨自現身庭院，是想看看有沒有人沉不住氣動手嗎？這三方人馬，其中一方肯定是梁王府的人。梁王府勢力龐大，李存孝單槍匹馬，在長安鬥不過他們。衝突一起，他隱藏行蹤，要再找他可就難了。時間緊迫，必須把握。」

莊森跳下民宅，走回大街，直奔識雲莊正門。他不理莊丁，直接敲門，喝道：「馬員外在家嗎？快開門！我找馬員外！」

門旁莊丁連忙說道：「這位公子，你找我們家老爺，我給你通報便是，何必大呼小叫呢？」

莊森取出京兆府令牌，大聲道：「我們官府的人，就愛大呼小叫！你愛通報，還不快去通報？」

紅漆大門啊的一聲開啓。李存孝站在門後，臉上還是一貫神祕難測的笑容。不過看見門外莊森，他的笑容微微一僵，顯然沒想到會在這裡見到他。

莊丁語氣惶恐，說道：「老爺，這位官爺要找你。」

莊森神色倨傲，說道：「你就是馬孝嗎？」

李存孝見莊森作戲，知道他也發現有人圍莊，便說：「在下正是。不知道這位官爺如何稱呼？」

莊森道：「我也不是什麼官爺，只是在幫京兆尹查案。你叫我莊……大爺就好了。」

「是，莊大爺。」

莊森跟李存孝兩度交鋒，皆處下風。雖然沒什麼深仇大恨，總是覺得悶在心裡。這回天賜良機，似「莊大爺」這等口頭便宜，那是一定要討的。他推開莊丁，進門走到李存孝面前，說道：「大爺有事問你，進門再談。」

「是。敢問莊大爺，爲了什麼案子來的？」

「大理寺卿董軍命案。」

李存孝大驚，後退一步，說道：「這、這什麼案……絕非小人所爲！」

莊森惡形惡狀：「我沒說是你幹的，何必嚇成這樣？你心裡有鬼，是嗎？」

「沒有！沒有！小人心裡什麼都沒有。」

莊森不禁好笑，心想你這傢伙還挺會作戲。他說：「走！」拉著李存孝便往屋裡走去。走過庭院，進入廳堂，莊森回頭關上廳門，轉身說道：「原來李兄就是長安藥局七掌櫃。」

「我是七掌櫃？」李存孝皺起眉頭。「誰說我是七掌櫃？」

「證據。」莊森說。「已故大理寺卿手中所握的證據。」

「喔。」李存孝兩手一攤。「既然證據這麼說，那我肯定就是七掌櫃了。」

莊森見他那副不承認也不否認的模樣，只覺得看了就討厭：「李兄說話一定要這麼拐彎抹角嗎？」

「莊兄弟早就認定我是七掌櫃，無論我承不承認，你都會心存懷疑，不是嗎？」

莊森不悅：「我又不是傻子。你把話講明白了，我自己會判斷。」

「一時三刻講不明白。」

「姑且當我信你了。」莊森問：「你老實說，你是不是七掌櫃？」

「不是。」

莊森與李存孝對看片刻，在他臉上看不出所以然。他點頭，問道：「識雲莊此刻四面楚歌，怎麼回事？」

李存孝說：「我本來也滿頭霧水，不知如何會被各方人馬盯上。聽你問起七掌櫃，我大概就知道了。莊兄弟既然握有證據，其他人多半也收到證據。有人誣陷我是七掌櫃，引七掌櫃的對頭來對付我。」

「三方人馬，認出哪些嗎？」

李存孝搖頭：「你知我獨來獨往，沒有心腹手下。識雲莊的莊丁都是長安本地招聘的，沒人知道我的眞實身分。我現在是在避風頭，盡量少露面，等閒也不離開識雲莊。有人監視本莊之事，我也是聽機伶的莊丁回報方知。至於有多少人在監視，共幾方人馬，我完全不知。」

「猜猜。」

李存孝邊想邊道：「梁王府肯定有。我避風頭就是在避他們。而既然有人誣陷我是七掌櫃，長安藥局自然會來攪和。至於第三方人馬……我不知道，或許是我的對頭，或許是七掌櫃的仇敵。」

莊森問：「會不會是契丹人？」

「不會。」李存孝斬釘截鐵。「契丹人與我是友非敵，他們沒必要監視我。」

莊森拉張椅子坐下，說道：「好吧，從頭說起。」

「四面楚歌呀，有空從頭說起嗎？」

莊森說：「我進來前，三方人馬加起來也不到二十人。就算他們調派人手，短時間內也不會攻莊。我在幫大理寺……」想起董軍已死，大理寺算是完了，於是他改口：「幫京兆府調查朱友倫馬球案，期限只到明天。若不能證明崔胤無辜，朱友諒就會率兵殺進宰相府。我時間不多了，你就快說吧。你跟馬球案究竟有何牽連？」

「牽連此事，眞是失算。」李存孝道。「兩個月前，七掌櫃居中牽線，要馬孝介紹契丹人給朱友倫認識。」

「你是說耶律德光？」

李存孝揚眉：「莊兄弟眞不簡單，耶律公子入長安之事十分隱密，竟然都讓你給查了出來。」

莊森搖頭：「他近日行事過於招搖，不單我查出來，梁王府也查出來了。」

李存孝嘆氣：「我躲在識雲莊，什麼都不知道。耶律公子還好嗎？」

「他暫時沒事，你繼續說。」

「爲了掩人耳目，七掌櫃安排我和耶律公子參加馬球賽，趁機與朱友倫商議合作之事。當日我只是個引薦人，正主是耶律公子，所以梁王府內也無人問我姓名，只道我是耶律公子的隨從。聽說梁王府在剷除人證，倘若當日報了馬孝之名，只怕他們早就找上門來。」

莊森問：「梁王府已得吐蕃相助，還跟契丹人合作什麼？」

李存孝道：「朱全忠對吐蕃起了疑心，不能盡信。想謀天下，他得再談妥其他外援。再說，吐蕃在西，發兵中原不知道要打多久。他需要有人就近牽制河東軍。」

「那你們跟朱友倫談過了？」

「沒。球賽還沒打完，朱友倫就摔死了。」

莊森嘖了一聲：「你們可眞虧大了。」

「還身處嫌疑之地呢。」李存孝輕撫額頭。「我跟耶律公子，一個陌生人、一個外族人，在球賽前一天才安排參賽，是我也會覺得可疑。梁王府的人一開始懷疑朱友倫並非意外摔死，我們立刻成爲頭號目標。我們講好了各自避風頭，除非必要，不然事情過去前不要聯絡。」

「何不離開長安？」

「我想留著靜觀其變。耶律公子則是另外有事要辦。」

莊森滿腦子都是問題，一時竟然不知從何問起。他沉思了一會兒後說：「我在金州查到出售害死朱友倫的藥物之人。他說買藥的是胡人。你說會不會是契丹人？」

「你說是耶律公子下毒害死朱友倫？」李存孝沉吟半晌，搖頭道：「沒道理。他若要下毒害他，何必讓自己身處嫌疑之地？再說，以我對他的瞭解，害死朱友倫對他毫無益處。我想要嘛是巧合，不然就是有人要嫁禍於他。」

莊森問：「爲什麼要讓人以爲耶律德光殺了朱友倫？」

「我不知道。」李存孝說。「爲什麼要讓人以爲馬孝是七掌櫃？」

莊森看他：「你確定嫁禍你的人是要嫁禍馬孝，不是李存孝？」

「此事處處詭異，我什麼都不確定。」

莊森噗地笑出聲來。

李存孝問：「你笑什麼？」

「笑你也有今天。」莊森道。「你老在我面前一副老謀深算、無所不知的模樣。這回兒可全栽了。」

李存孝神色鬱悶：「連栽在什麼人手上都不知道。」

莊森問：「不就是栽在七掌櫃手上嗎？」

「你可知道七掌櫃是誰？」

「不知。」

「那還是栽在什麼人手上都不知道。」

莊森問：「七掌櫃安排這麼多事，你不可能沒見過他吧？」

「沒。他都是書信聯絡，我連他是男是女都不知道！」李存孝滿臉懊悔。「我該把他調查清楚的。從前我不會如此大意。他主動出現，說了所有對的話，符合耶律公子的目的，宛如天上掉落的禮物。」他忍不住一拍桌子，自責道：「這麼好的事……天下哪有這麼好的事？」

「說起耶律公子的目的……」莊森問：「我還眞看不出來他想幹嘛。」他把契丹人獵信鴿阻礙通信、下毒害三萬新禁軍的事說了出來，問李存孝：「你可知道他做這些是爲了什麼？」

李存孝望著他片刻，似乎在考慮要不要告訴他，最後道：「他要幫朱全忠篡唐。」

莊森愣了愣，問：「什麼？」

「幫朱全忠篡唐。」李存孝又說一次。「他跟我志同道合，都認爲藩鎭割據的局面已經僵持太久了。只要唐宗室還在，多數節度使就安於現狀，不思求變。剷除了唐宗室，有人出來當皇帝，自然會有人出來反對他。到時候眾節度使爭奪天下，總比如今一灘死水般的局面強。我這麼想，是爲了求變。他這麼想，是爲了幫他爹對付我義父。除掉新禁軍，除了方便宣武軍入長安，還能逼朱全忠動手剷除建軍之人。而一旦剷除了崔胤這幫人，朝廷百官群龍無首，朱全忠不趁機篡唐都會覺得對不起自己，你說是吧？」

莊森雙掌掩面，緩緩嘆道：「你們草菅人命，沒有半點良心。」

李存孝搖頭：「莊兄弟，你到現在還不明白？把天下局勢當棋來下的人是不可以有良心的。」

「我只明白我不是那種人。」莊森站起身來。「我要你帶我去找耶律德光。」

「找他幹嘛？」

「拿解藥救新禁軍。」

「他不會給你的。」

莊森道：「新禁軍已經落入宣武軍掌握，再也不會對宣武軍構成威脅。三萬多條人命。你再沒有良心，也可以救一下吧？」

李存孝遲疑片刻，問道：「我怎麼知道你不會對耶律公子不利？」

「你不想他出事，就盡快帶我去找他。」莊森道。「本宗長安分舵已經傾巢而出，協同前任舵主劉大光一起去找耶律德光搶解藥。我不知道長安有多少契丹人，但所謂強龍不壓地頭蛇，對上本宗長安分舵，他們討不到好去的。」

李存孝問：「劉大光跟耶律公子又有什麼恩怨？」

「他是新禁軍總教頭。」

李存孝垂頭喪氣，站起身來。「長安這個地方，到處都是程咬金。你想順順利利辦點什麼事情還真是難。」

「我就愛當程咬金。」

李存孝走到門前，問他：「四面楚歌，如何突圍？」

莊森道：「打開正門跑出去。看有幾個人追得上。」

「人家有馬呀。」

「我們可以上屋哇。」

「要真給人追上了呢？」

「打他。」

兩人步入庭院，推開大門，跑出識雲莊。

第八章　追敵

兩人一出識雲莊，四面八方都傳來叫喊聲。他們順著大街奔跑，旁邊的窄巷民房中都有人現身追逐。看來莊森入莊期間，莊外的人都已經調動不少人馬過來。李存孝在前領路，往東南跑，展開輕功，越跑越快。莊森喝道：「馬孝！你還跑！跑那麼快，要死啦！」

李存孝笑道：「莊大人追得上便追。要追不上，難道還怪我嗎？」

兩人身後跟著一條人龍。剛開始有二、三十人，漸漸拉開距離，變成十幾人。兩刻過後，就只剩下五人還跟著跑。到了顯國坊時，只剩下兩人。莊森聽出這兩人步伐沉穩，氣息平順，顯然是內家高手，再跑半個時辰也甩不了他們。他回頭一看，見是兩個黑衣中年男子，瞧模樣打扮是一夥的，認不出是哪來的人馬。莊森輕問李存孝：「還有多遠？」

李存孝道：「就快到了。」

莊森道：「這兩人甩不開，動手吧。」

兩人同時停步，轉過身來。兩名黑衣人在距離他們三丈外停下腳步，吸氣調息。莊森道：「京兆府辦案。不要妨礙我們。」

一名黑衣人恭敬行禮，說道：「莊大俠，我們有幾句話想問馬員外，問完我們就走。」

莊森轉頭問李存孝：「你認識？」

「不認識。」

莊森道：「我跟馬員外有事要辦，刻不容緩。你們別再跟了。」

黑衣人道：「非跟不可。」

「那就躺下了。」

莊森和李存孝同時出手，各自對上一名黑衣人。他們兩人都是當今武林絕頂高手，一般武林人士絕接不了他們一招半式。然則這兩名黑衣人內力剛猛，出招迅捷，分別接下了莊李二人的攻勢。莊森一來爲趕時間，二來在李存孝面前出手，不願有絲毫示弱，於是運足功力出招，雙掌炙熱如火。對手黑衣人連擋他三招，完全緩不出手來反擊。擋到第四招時，感到雙手火熱，氣息窒礙，渾身冒汗，步伐虛浮，黑衣人大驚，開始退卻。莊森擔心對方糾纏，決意將其打傷，於是繼續進逼。他如今功力深厚，掌勁不必擊實，對手光是招架就會受傷。連出七掌後，黑衣人已經架到雙臂痠麻，瘀青片片，幾乎無力抬起。莊森勾起黑衣人兩隻手掌，順勢向外一分，對手兩條手臂就此脫臼。

李存孝一聲發喊，對上黑衣人手掌，把他打得好似斷線風箏般飛出五丈之外，終於頹然落地。

莊森面前的黑衣人眼望莊森，快步退到同伴身旁，轉頭見他尚有氣息，還能移動，這才鬆了口氣，揚聲說道：「莊大俠武功高強，在下心服口服。只沒想到馬員外竟然也是絕頂高手，今日眞是灰頭土臉。」

莊森問：「你們是什麼人？」

黑衣人道：「我們與莊大俠也有淵源，只是今日不便明說。」他目光轉向李存孝，跟著又看回莊森。「大俠若肯放我們走，日後自當上門賠罪。」

莊森心想這兩個人忌憚馬孝，不知出於什麼原因。此刻趕著去找耶律德光，沒時間跟他們把話講清楚，還是等他們日後上門賠罪再說。他對李存孝道：「馬員外怎麼說？」

李存孝道：「今日莊公子在，不會讓我痛下殺手的。兩位只要不再跟著咱們，這便去吧。」

兩名黑衣人躬身道謝，轉身離去。

莊李二人繼續前進。莊森邊跑邊問：「這兩個人武功很高，絕非泛泛之輩。他們是衝著你來的，有想法嗎？」

「沒。他們說跟你有淵源，你沒頭緒？」

莊森心想此二人神祕兮兮、武功高強，又說跟他有淵源，說不定是玄天院的人。適才交手，對方沒有使出玄日宗的武功，看來並非玄日宗弟子。不過玄天院爲求隱密，往往也會延攬外派人士，多半是特立獨行的武林高手，像是洛陽玄天院的蔣氏無法無天兄弟。此刻關連薄弱，玄天院又是玄日宗的隱密機關，不足爲外人道。於是莊森說：「沒頭緒。」

前方隱現火光，遠遠傳來喧鬧人聲，看似走水。兩人奔到近處，只見一排民房中間有扇門中噴出火舌，不過火勢不大，已經有人在打水救火。相鄰的幾間民宅門戶大開，室內凌亂，有打鬥痕跡，街邊坐了一排好幾十人，個個身上負傷，雙手受縛，綁在身後。他們對面民房前也有不少負傷之人，正自接受同伴包紮傷口。再過去的地上躺了幾個人，身上蓋了白布，眼看是死了。

莊森認出被綁著的都是契丹人，他們對面的傷者是玄日宗弟子。在救火的有玄日宗的人，也有附近居民。莊森左顧右盼，不見上官明月。他找個弟子問是誰在場指揮，弟子帶他去見副舵主展淵明。

展淵明見是莊森，連忙行禮，回報道：「莊師兄。我們隨舵主來此大破契丹人巢穴。擄獲契丹俘虜三十七名，斬殺三名。契丹頭目帶了幾名手下逃走，舵主和劉大光師兄帶人去追了。」

莊森皺眉：「殺了人了？」

展淵明道：「對頭武功不弱，出手狠辣，我們若不下重手，會有性命之憂。」

莊森問：「我方傷亡呢？」

「傷了十六人。無人死亡。」

莊森想了想，指向李存孝，說道：「這位是馬員外，在北境經商，通契丹語。我要他審問契丹人。」

展淵明吩咐手下，讓李存孝去審問俘虜。莊森問展淵明：「我聽說契丹頭目武功高強，舵主和劉師弟應付得來嗎？」

展淵明神色侷促：「那頭目當眞厲害得緊，武功不下於劉師兄和舵主。要是單打獨鬥，他們未必是他對手。莊師兄，」他壓低音量，「我這輩子還沒見過任何派外人士武功高過劉師兄的。這契丹人究竟什麼來歷、師承何處，師兄可知道？」

莊森搖頭：「契丹武學，我不曾涉獵。這契丹人或許大有來歷，但我尚未證實。國族之事，不可亂說，總得查清楚才好。」

李存孝認得俘虜中有耶律德光器重的手下，走過去以契丹語問話。沒過多久，他來到莊森身旁，點了點頭。莊森吩咐展淵明：「把契丹人拉到京兆府衙門去。官府若是人手不足，你就留幾名弟子幫忙看守。」

展淵明道：「大師兄要去追敵？我派弟子同去。」

「不必了，我跟馬員外應付得來。」

莊森隨李存孝往北走，遠離走水現場後，李存孝才道：「契丹人的撤退據點在春明門附近。那地方是我幫他們買的，十分僻靜，藏身其中，很不容易找到。剛剛那人說，倘若形勢危急，春明門附近有家民宅，裡面有挖好的機關密道，能夠直通城外。」

莊森知道那是天工門的密道，心念一動，便問：「那密道民宅不是你幫他們買的嗎？」

「不是。我今日方知。」

「我之前隨拜月教追捕耶律德光，他在金光門附近就曾走過機關密道。那密道是天工門黃謙做的。李兄知道此人？」

李存孝臉色一變，說道：「我聽說過他，他的機關之術很有門道。」

莊森又跑幾步，問道：「李兄隨玄黃天尊學藝期間，可曾學過武功以外的學問？」

李存孝輕嘆一聲，說道：「莊兄弟何必自己提起我師父呢？這殺師之仇……我一直放在心上呀。」

莊森直言道：「當初你義父送我們去玄黃洞，就是想我們幫他除掉玄黃天尊，李兄是聰明人，不會不知。」

李存孝片刻不語，之後才道：「我那些義兄與我同門學藝，對恩師同樣尊重。我眞想不到他們會同意弒師。」

莊森道：「玄黃天尊倒行逆施，爲了得道升仙，殘殺從前弟子。你那些義兄看在眼裡，就算情深義重，也知道此人不除，後患無窮。」

李存孝搖了搖頭，說道：「我恩師學究天人，知識如海，我們想學什麼，他就教什麼。當初我跟他學的是醫術和方士煉丹之法。」

「而你做出了春夢無痕。」

李存孝不說話。

莊森續道：「以你聰明才智，必定看得出來，玄黃天尊教你們的不是正道。」

李存孝突然停步，冷冷瞪他。莊森奔行甚速，沒想到他說停就停，只好回頭走來。李存孝問：「你想說什麼？」

莊森緩緩說道：「你知道《左道書》嗎？」

李存孝面無表情，凝望著他，先是微微點頭，跟著又輕輕搖頭，似乎不知該如何回答。

莊森道：「你見過此書，只是不知其名？」

李存孝垂頭：「你一說書名，我立刻聯想到那幾本書。可見書如其名，名符其實。」

「天尊可曾跟你們講過《左道書》的來歷？」

「他說是玄日宗不傳之祕。」

「不傳是有原因的。」莊森問：「我們徹底搜過玄黃洞，天尊那份《左道書》不在其中。李兄可知其下落？」

「失竊了。」

「失竊了？」莊森隱約猜到，但還是忍不住訝異。「誰能從玄黃天尊手中竊取《左道書》？」

「一群貪得無厭的宵小之輩。」

莊森側一側頭，兩人繼續趕路。他邊跑邊說：「我在金州深山遇到過一個不老女童，名叫燕珍珍。我在她的洞府中搜出了幾張大道神功的殘篇。」

李存孝驚呼：「大道神功在你這裡？」

「掐頭去尾，殘缺不全。」莊森道。「但還是練出了個小妖怪。」他皺起眉頭，遲疑問道：「李兄……你沒練過大道神功吧？」

李存孝立刻搖頭：「大道神功講究機緣，端看習練轉勁訣時有沒有悟出吸納之法。

師父說轉勁訣的關鍵在於第五層，一旦突破第五層，內功的方向就定了。沒悟出吸納法的人從此與大道神功無緣。我們十三兄弟，無人得悟大道。」

「好吧。本來不關我的事，但如今我非問不可了。」莊森道，「李兄化名馬孝，定居長安，不只是爲了要幫耶律公子謀事吧？我剛剛提起黃謙，李兄臉色變了，是否你早已盯上了他？他的機關之術源自《左道書》，李兄發現了？」

李存孝苦苦一笑，鼓掌兩聲，說道：「去年柳蔭寺一會，我還占盡上風。不想短短不到一年，莊兄弟完全把我摸透了。」

「是我剛好遇上這些事情，自然會聯想。」莊森問：「李兄說一群宵小竊走《左道書》，不知究竟有多少人？我沒刻意在查，都已經遇上兩個了，該不會有很多吧？」

「確實人數，我也不知。」

「此事淵源如何，可否請李兄告知？」

李存孝沉思片刻，問道：「莊兄弟爲何想知道？」

莊森道：「《左道書》乃本門私密，歷代只由掌門口耳交傳，一般弟子根本不會知道。此書不祥，倘若定性不夠，習之易生禍端，很容易讓學的人偏離正道。李兄能夠配出春夢無痕，醫術自然高深，但春夢無痕畢竟是邪藥，李兄不會不知。難道你當初習醫，眞的是爲了配那種控制人心的藥物嗎？」

「不是。」李存孝搖頭。「我受困王府太久，想法難免偏差。我已立誓不再配此藥。」

「玄黃天尊乃一代高人，學了大道神功後也變得喪心病狂。可見《左道書》裡的學問有多厲害。我也不是一味忌諱，書裡確實有很多好學問，運用得宜，可救亂世。學問本身無罪，端看用的人如何作爲。無論如何，我不能任由《左道書》流落在外。倘若多出幾個燕珍珍爲禍人間，死的人可多了。」

「你想要收回《左道書》？」

「是。」

「那持書之人呢？」

「倘若是燕珍珍那種傷天害理之人，我就將其繩之以法；倘若沒有爲非作歹，甚至一心爲善，我不會去動他們。我說過了，學問是看人用的。」

李存孝指示莊森轉入大道，開始東行。他說：「二十年前，我義父聽聞玄黃山中有神仙，於是帶我們十三兄弟一起上山拜師。當時玄黃山出神仙之事已在太原傳開，每個月都有不少人上山求道。恩師見他們求道之意甚誠，便固定每月月初在山腳下開壇講道。其中有幾人夠聰明、有慧根，很得恩師賞識，也曾教授他們不少其他學問。自我們十三兄弟拜師之後，義父爲求隱密，便請恩師停止每月講道之舉。我本以爲恩師不會答應，想不到他眞答應了。現在想想，或許他當時就決定要訓練我們十三兄弟去對付玄日宗。或許……或許他在玄黃山上隱居，本來就是爲了跟晉王府搭上線。」

「停止月初講道後，那些相熟的學生還是常去玄黃洞找恩師求道。我義父不想洩漏我們習武之事，便暗地裡派兵把守入谷要道，不讓閒雜人等上山。那些人痛恨晉王府霸占玄黃天尊，又清楚他們沒有實力對抗河東軍，於是便決定聯手竊取天尊的祕笈，各自回家修煉。」

莊森問：「有這麼好竊取嗎？」

「當然沒有。」李存孝說。「他們觀察多年，掌握恩師授課時間，挑了我們十三兄弟都不在玄黃洞之時，混入谷內，找新人來假扮落難女子，引恩師出洞相助，然後趁機溜進玄黃洞，偷走《玄黃七經》，也就是你口中的《左道書》。」

「當年我義兄存信病逝，我從晉王府跑出來，第一件事就是去玄黃洞拜會恩師。當時恩師交代我，要把《玄黃七經》找回來。他說竊取經書之人，一個都不能留。還要我發誓在有生之年，一定要完成此事。他那語氣彷彿在交代後事。我當時不懂，如今想來，他等著跟昔日弟子一戰，等二十年，也夠久了。」

莊森問：「天尊可有交代找回《玄黃七經》後要如何處置？」

李存孝搖頭：「我們雖拜師學藝，但卻無門無派。十三太保學武是爲了致用，爲了打天下，不是爲了傳承。我本想尋回《玄黃七經》，帶回玄黃洞燒了，以祭恩師在天之靈。」他問莊森：「莊兄弟要找《左道書》，是爲了銷燬嗎？」

莊森點頭：「是。」

「你們玄日宗沒有保存《左道書》嗎？」

「有一套。」

李存孝問：「那套不銷燬？」

莊森答：「學問是看人用的。」

李存孝摸摸後腦：「這不是雙重標準嗎？」

莊森點頭：「李兄也只好相信我們。」

李存孝恍然大悟：「你們……你師父……玄日七俠如此收場，莫不是因爲他們都看過《左道書》？」

莊森道：「除了我六師伯，其他人都看了。二十年前看的，這二十年怎麼了，大家都看在眼裡。有的人偏離正道，有的人卻能堅持。以玄日宗如今局面，我想李兄可以放心把《左道書》交給我們。」

李存孝放慢腳步，指向前方一間門口掛了燈籠的民宅。他說：「既然都要銷燬，等我們收齊了，一起去玄黃洞燒吧。我已經收回了〈總訣篇〉和〈天下篇〉。〈機關篇〉

和〈武學篇〉應該都在長安。不過〈武學篇〉博大精深，任一門武功都能鑽研一生。既然燕珍珍拿走了大道神功，天知道〈武學篇〉被他們分成了幾份。」

李存孝來到門口，伸手要敲暗號，不過才敲一下門，門便啊的一聲開了。莊李二人閃身入內，發現桌椅翻倒，地上躺了四名契丹人。其中三人已然氣絕，只剩一名氣若游絲，無力呻吟。李存孝扶起對方，幫他灌功提神。莊森檢視他胸前傷口，搖了搖頭。

李存孝問：「耶律公子呢？」

契丹人道：「走……走了……」

「出城密道在哪裡？」

「東行……碰到城牆右轉……第……第十三間房舍。」

李存孝把他放回地上，對方突然一把抓住他的衣襟，說道：「他們出手……好狠……救、救救我們……公子。」說完兩腳一伸，就此死去。

莊森檢視屍體，四人都是劍傷，另外三人都是一劍割喉，中劍立斃。撐到最後那人胸口斜劃劍痕，照四人倒地方位來看，對頭極可能是一劍劃四人。莊森心想：「此人出手又快又準，上官師妹可沒這種身手。看來劉大光的武功確實不容小覷。」

兩人由後門出，沿巷道東行，沿路看到不少打鬥痕跡。片刻過後，又看到路邊躺了個契丹人。李存孝上前查看，對方已然氣絕。他們追蹤足跡，回到大道，一路來到城牆前，右轉，數了十三間房舍，只見屋門大開，門後黑漆漆一片，什麼都瞧不見。

李存孝跨步進門，讓莊森一把拉了回來。莊森道：「這屋子裡機關密布，白天都伸手不見五指。咱們得打燈籠進去。」

兩人左顧右盼，在街口一間大宅門外摘了兩盞燈籠回來。進屋之後，發現裡面跟城西機關屋的格局一樣，分作左右兩條黑廊。李存孝比手勢示意一人一邊。莊森搖頭，堅持兩人一起走。他扯下左側廊簾，燈籠平舉在前，一步一步慢慢前進。走出五步後，火光照亮機關房門，只見門外躺了條身影，一動不動，死活不知。莊森等李存孝來到身旁，兩盞燈籠同時照明，這才認出地上的是上官明月。

莊森大驚，卻又不敢放鬆戒備。他縱身越過機關房門，貼在門框另一側牆前，聞到屋內傳來強烈的血腥味。他跟李存孝同時將燈籠探入機關房，隨即讓眼前景象震僵。房內架設的是跟城西機關屋同樣的巨木機關。此刻六根巨木都已卡至定位，占據房內大部分空間。現場血肉模糊，巨木都被染紅，多名玄日宗弟子卡於其中，支離破碎，死無全屍。

莊森手臂顫抖，燈籠燭光搖曳。他轉回身來，對李存孝說：「你去看看有沒有……活口。小心不要亂碰，裡面可能還有機關。」他說完蹲下身去，將燈籠放在上官明月身邊，伸手探她脈搏。脈象紊亂，受了內傷，不過她功力深厚，應無大礙。莊森把她身體攤平，只見她右胸胸口衣衫破碎，隱約看出是個掌印。他不便除她衣衫查看傷口，於是將她扶起，靠牆而坐，雙掌貼在她胸口上方，運功助其療傷。

一絲陰寒內勁透體而來。莊森眉頭深鎖，運玄陽勁對抗，刺探片刻後，尋思：「師妹體內的掌勁與玄陽掌相輔相成，確確實實是玄陰掌勁。怎麼師妹竟然中了玄陰掌？難道那耶律德光……也練過《玄黃七經》裡的功夫？」

他將陰寒勁緩緩吸入體內，然後以玄陽勁慢慢化解。片刻過後，上官明月氣息順暢，臉色也恢復紅潤。莊森縮回雙掌，再度探其脈搏，知道她已無大礙，這才轉頭看向等在門內的李存孝。

李存孝搖頭道：「六個人，全死了。」

莊森調習內勁，問道：「劉大光呢？」

李存孝往腳邊一比，莊森步入房內，只見門旁牆邊躺坐了具屍體。莊森沒有見過劉大光，但想李存孝既然在長安混了這麼久，自然清楚玄日宗長安分舵前舵主是什麼長相。李存孝在莊森蹲下檢視傷口時說：「他反應快，躲過機關，死於劍傷。」

莊森見他胸口、雙肩、喉頭、眉心都有傷口，傷口不深，但內勁透入，每一劍都足以致命或重傷。莊森見那點點劍花的落點，宛如繁星在天，不禁心裡一寒。儘管單憑傷口難以判斷凶手所使劍法，但莊森曾見過能夠打出這種傷口的劍招，出自玄黃天尊的晨星劍法。他閉目沉思，問道：「李兄跟隨玄黃天尊學藝，可曾學過晨星劍和玄陰掌？」

李存孝說：「恩師不要我們一出手就被認出是玄日宗的武功，除了入門基本功外，大部分都挑選跟玄日宗知名功夫大異其趣的武功傳授。晨星劍我學過，但不專精。我擅長的是掌法。恩師說玄陰掌雖非玄日宗正宗武功，但與玄陽掌相輔相成，若與玄日宗高手交手，立刻就會洩底。他教我的是從開天刀和闢地刀中化出的自創掌法，名爲『天地掌』。」

莊森站起身來。「所以十三太保不會玄陰掌？」

「不會。」

「能以玄陰掌傷人的，定是偷走《玄黃七經》之人。」

李存孝看著劉大光：「劉大光的劍傷確實像是出自晨星劍法。」他目光又隨著莊森來到門外的上官明月身上。「莊兄弟是說上官舵主中的是玄陰掌？」

莊森點頭，回到上官明月身邊。

「恩師說玄陰掌的寒勁很難拔除。」

莊森蹲下。「拔除玄陰寒勁是我的專長。」

李存孝站在莊森對面，提燈籠照明。「你看是誰下的手？」

莊森牽起上官明月右掌，對其掌心灌注內勁：「問她。」

上官明月低呼一聲，悠悠醒轉。她睜眼看見莊森，先是愣了一愣，跟著上身前傾，一把抱住莊森，激動道：「大師兄……我、我……」

莊森不敢與門下師妹太過親近，只是輕拍她的背，安撫道：「沒事了，不要怕，有師兄在。」

上官明月察覺頭上燭光搖曳，轉頭發現李存孝在，立刻自重身分，推開莊森，擦擦眼角淚光，正色道：「劉師兄呢？其他師弟呢？他們……」燈籠光不及遠，瞧不清機關房裡內的景象，但上官明月顯然想起自己昏倒前所發生的事，當即低聲驚呼。她奮力起身，往房門走，莊森抓住她肩膀，搖頭道：「師妹，他們都死了。」

見上官明月渾身顫抖，淚水決堤，莊森安撫道：「屋內漆黑，血腥味重，我們先到外面再說。」

三人回到外堂，又出門來到街上，這才各自鬆了一大口氣。莊森問：「師妹，是誰下的手？」

上官明月神色疑惑：「師兄爲何有此一問？自然是那耶律德光。」

莊森跟李存孝對看一眼。莊森問：「妳胸口這掌是耶律德光打的？」

上官明月說是。

李存孝也問：「劉大光的劍傷也是耶律德光所爲？」

上官明月一邊點頭一邊問道：「請問閣下是誰？」

李存孝道：「在下馬孝。」

上官明月轉向莊森，眼神詢問，見莊森點頭，她問：「你是七掌櫃？」

李存孝說：「不是。」

上官明月道：「明人不說暗話，董大人的名單就只剩下你一人。你若不是七掌櫃……」

莊森打斷她：「師妹，妳隨董大人查案，爲何最後卻留他一人去找馬員外？」

上官明月解釋：「我陪董大人依照名單順序造訪嫌犯，排除其中兩人。等我們要去找馬……員外時，分舵弟子突然來報，說劉師兄有急事找我。我請董大人先回京兆府衙門，等我辦好劉師兄的事後再去找他。董大人呢？」

「董大人死了。」

上官明月大驚，隨即轉向李存孝：「那定是讓馬員外滅了口。」

李存孝斜嘴微笑：「這叫含血噴人。」

莊森攔住上官明月，說道：「師妹，馬員外跟我是舊識。他不是七掌櫃。」

上官明月訝異：「師兄認識他？那你知道他……」她皺起眉頭，「你怎知他不是七掌櫃？」

莊森看向李存孝：「我怎知你不是七掌櫃？」

李存孝道：「因爲你懷疑七掌櫃另有其人。」

「是呀。」莊森轉向黑漆漆的機關屋門內。「你看會是耶律德光嗎？」

李存孝邊想邊說：「他差不多是在老七掌櫃遇害前後抵達長安的。但那之前契丹人在長安城中已成氣候，他們有可能一早就在接收七掌櫃的人脈。」

莊森道：「害死朱友倫的藥，多半是他親自下的。你說他要助梁王篡唐。朱友倫死，朱全忠震怒，立刻發兵長安，完全符合他的算計。」

李存孝道：「發現宣武軍有所顧忌後，他深入調查，才查出新禁軍之事。於是他下令獵鴿，封鎖聯絡，下毒癱瘓禁軍。」

莊森這才想起此行目的，忙問上官明月：「你們是來找解藥的。解藥找到了嗎？」

上官明月摸摸掛在腰帶上的小布袋：「我們在耶律德光藏身處搜出了些藥瓶、藥單，全部裝在一起。希望解藥在裡面。」

莊森鬆了口氣：「希望在裡面。」他突然想起一事，問道：「師妹，你們一路追趕耶律德光，最後是怎麼失手中招的？」

上官明月心有餘悸：「我們追到這間屋子，裡面太黑，心知有詐，於是步步爲營。劉師兄見那房間詭異，便叫我最後進去。想不到那機關……那機關……」上官明月情緒激動，忍不住語氣顫抖。她深吸口氣，繼續道：「當時裡面一片混亂，慘叫不斷，我嚇……我嚇得六神無主……突然就遭到偷襲。」

莊森問：「妳看清楚了，是耶律德光打妳的？」

上官明月點頭：「是。他躲在暗處，啓動機關後再出來行凶。他殺了那麼多人，還殺了劉師兄……他爲什麼不殺我？」

李存孝道：「他不是不殺妳，是以爲妳死定了。要不是莊兄弟趕到，妳此刻只怕……」

上官明月泣道：「多謝莊師兄救命之恩。」

「同門師兄妹，不必放在心上。」莊森說著左顧右盼，打量街道。

李存孝問：「莊兄弟在看什麼？」

莊森說：「機關屋的密道應該是在機關房內，倘若耶律德光埋伏在外，那就表示他沒有走地道出長安，他還在長安城裡。」

李存孝和上官明月神色一凜，連忙四下觀看。看了半天，不見人蹤，李存孝道：「就算他留在長安，此刻也已走遠了。」

莊森對上官明月道：「師妹受傷又受驚，還請先回分舵休息，派人來……幫這裡的師弟收屍。明日一早，妳就把藥送去無名谷。妳跟金光門外的宣武軍說妳要找兵馬使常一天將軍，他們會帶妳過去的。谷裡有很多醫生，把藥交給他們就行了。」

上官明月問：「師兄不回分舵嗎？」

莊森搖頭：「我要跟馬兄去把耶律德光找出來。」

第九章　追查

上官明月走後，李存孝問莊森：「上官舵主傷後無力，你這做師兄的怎麼不陪她回去？」

莊森搖頭：「她就不勞你費心了。我們玄日宗的師妹，個個深藏不露。」

「有多深藏不露？」

莊森輕嘆一聲：「你認為耶律德光是七掌櫃嗎？」

李存孝說：「不無可能。」

莊森說：「但又難以肯定。」

李存孝問：「如果不是他，還會有誰？」

莊森搖頭不答，看著黑漆漆的機關屋，問道：「要找耶律德光，可有頭緒？」

李存孝道：「我還知道他在城內另外兩個落腳處。」

「帶路吧。」

兩人默默奔行，各自思索近日發生之事，總覺得有些難以解釋之處。跑了一會兒，莊森看見路口有間麵攤尚未打烊，連忙攔住李存孝，說道：「吃碗麵歇歇。」

「甚好。」

兩人點了兩碗湯麵，切了兩盤牛肉，悶著頭吃了起來。跑了一個晚上，兩人又餓又累，沒多久便吃個精光。馬員外錢多，搶著付帳請客，莊森也就由得他。

剛吃飽飯，不便奔跑，兩人就在深夜街頭緩步而行。走出一段路外，莊森問李存孝：「今日見到李兄，總覺得跟從前的你不同。」

李存孝輕笑：「人總是會變的。」

「你不爭天下了嗎？」

「不爭了。」李存孝苦笑：「我無權無勢，一介散人，說什麼與人談判，根本是自欺欺人。想我經營契丹人脈許久，與耶律家族交往密切，就連耶律阿保機本人也曾見過一面。結果呢？我也不過是顆用完就丟的棋子。沒有權勢、沒有兵馬，根本沒人會真心結交。」

莊森問：「你不招兵買馬？」

「老了。沒那力氣。」李存孝嘆。「我本想說退居幕後，運籌帷幄，當個暗地裡興風作浪的神祕人，就像七掌櫃那樣。然則天下亂了幾十年，所有算得上是號人物的人都已練到老謀深算，奸詐成精。跟這些人周旋，沒人永遠不會中招的。反正對天下人而言，李存孝早已死去多年，我又何必出來丟人現眼，敗壞從前威名？」

「耶律德光背叛對你打擊很深？」

「我這輩子從來沒有看走眼到這種地步過。我以爲我們氣味相投，誠心相交。想不到他從一開始就沒有坦承以對。我只不明白，他若是爲了逼朱全忠出手而殺朱友倫，這也符合我們原先努力的目的，他爲何不對我言明呢？」

莊森問：「你在追殺《玄黃七經》傳人之事，多半已經傳開了。」

李存孝揚眉：「這是我的私事，沒有跟人提過。但若這群傳人多年以來始終保持聯繫，自然會知道有人在獵殺他們。」

「倘若耶律德光眞是七經傳人，以他的武功，定是習練〈武學篇〉中的佼佼者。他們若想除掉獵人，自會指望在他身上。黃謙與他合作，也證明了七經傳人有在互通聲息。」

「你是說這一切都是七經傳人爲了對付我而做的？」李存孝語調驚訝。「誣陷我是七掌櫃，讓各方人馬對我群起而攻？」

「不管耶律德光武功多強，對上你都沒有必勝的把握。」莊森點頭。「讓梁王府去對付你，他們就落得輕鬆了。」

兩人默默走了一段路，各自思索心事。不一會兒工夫，來到契丹人第一個藏身處，莊李二人悄悄進屋，徹底搜查，一無所獲。他們出屋，前往第二個藏身處。李存孝眉頭越皺越深，說道：「我總覺得有點不大對勁。但不對勁在哪裡，我又說不上來。」

莊森長嘆一聲，說道：「不對勁之處就在於還有另一種可能。」

「願聞其詳。」

莊森緩緩說道：「耶律德光放下巨木機關，走地道離開長安。偷襲上官師妹和劉大光的另有其人。」

「什麼人？」

「七經傳人。」

李存孝搖頭：「但上官姑娘信誓旦旦說是耶律德光打傷她的……」他越說越小聲，「你不會是懷疑……」

莊森道：「從屍首傷口來看，劉大光死去已過一刻。但從上官師妹身中的掌力判斷，她中掌若過一刻，應該已經死了。」

李存孝側頭：「如此判斷，未免太武斷了些。」

「或許。」莊森道：「又或許她是在我們趕到之前才出手打傷自己的。」

李存孝停下腳步，轉頭看著莊森，考慮這個可能。

莊森繼續說：「聽說你我是舊識時，她神色訝異，問我『那你知道他……』？知道他什麼？知道他根本不叫馬孝，而叫李存孝嗎？她當時改口很快，但我已心生懷疑。」

李存孝搖頭：「不對。她不知道我們兩個會隨後趕到。倘若如你所說，時間相差一刻，她沒理由在現場逗留那麼久。」

莊森緩緩點頭：「或許還有第三種可能。耶律德光沒有走地道離開長安，他們兩個根本是一夥的。在現場逗留，是爲了串供善後。我們突然出現，讓他們措手不及，但我們又跑去街上摘燈籠，就讓他們有機會打傷自己，布置一切。」

李存孝問：「既然耶律德光在場，表示上官姑娘的玄陰掌有可能是他打的。莊兄爲何認定上官姑娘才是七經傳人？據我所知，上官明月聲望絕佳，乃是長安分舵一股清流。所以你們才會讓她接任分舵主，不是嗎？」

莊森道：「我們重整玄日宗，對各分舵主人選都曾謹慎調查。上官明月十四歲入門，至今十五年，就時間上來看，跟《玄黃七經》失竊兜得起來。或許她年紀幼小，沒能自玄黃天尊那裡學全入門基本功，乾脆就投入玄日宗來學。」

「但她十五年來並無惡跡。」

「她行事低調，始終甘居副手。總壇曾三度調她前往其他分舵出任舵主，都讓她以歷練不足爲由拒絕。她在長安其實有接觸樞密工作，掌握地下人脈。要接收七掌櫃的關係，安排祕密交易，對她而言絕不困難。」莊森不曉得李存孝知不知道玄天院，所以也不言明。

「你是說她才是七掌櫃？」

「她在長安深耕多年，總比一群契丹外族跑來長安取代七掌櫃的可能性高。」

李存孝還是難以置信，問道：「莊兄弟，她是你師妹呀。爲何你這麼一廂情願地想要認定她是惡人？」

莊森苦笑：「我曾多次栽在本門師妹手上。相信我，本門許多師妹深藏不露。若不多加提防，下場絕不好受。」

「你想朱友倫是她下的毒手？」

莊森側頭：「那還是耶律德光出手的機會較大。」

「但他們兩個爲什麼要聯手？」李存孝問：「倘若上官明月是七經傳人、是七掌櫃，而她幫耶律德光殺害朱友倫是一筆交易……一筆價錢公道、我也不會反對的交易。耶律德光爲何要背叛我，幫她誣陷我爲七掌櫃？說起此事，上官明月使了玄陰掌和晨星劍，等於是在我面前嫁禍耶律德光爲七經傳人，也跟玄日宗結下天大的梁子。耶律德光若是與她聯手，爲什麼要擔此惡名？若說是爲了人脈盟友，我的人脈可是遍布全國各道，上官明月卻僅止於長安。」

兩人思索片刻，莊森說：「會不會……耶律德光沉迷她的美色？」

李存孝大笑：「你對同門師妹的看法還眞是……」他搖一搖頭，說道：「耶律德光並非好色之徒，況且他身為一族王子，碰過的女人絕不會少。上官明月雖然美貌，只怕還沒美到那個地步。」

「美女就是美女，」莊森體驗深切，「只要用對手段、說對話語，再正直的男人都過不了關。」

「不，」李存孝還是搖頭。「耶律德光一心要為他爹打天下，不會輕易墜入美人關。我認為他別有所求，七掌櫃可以給他，但我卻給不了他的東西。」他又想了一會兒，說道：「這樣瞎猜，猜不出結果的。咱們還是得先把耶律德光找出來才行。」

莊森問：「倘若找不到他呢？」

李存孝察言觀色，說道：「我勸你不要輕易去找上官姑娘對質。你要是說不過她，會被她反咬一口。萬一你猜錯了，事情與她無關，情況只會更糟。」

兩人趕到契丹人最後一個藏身處，依然一無所獲。兩人步出民宅，關上大門，站在深夜寒風中，思索當前形勢。莊森無奈嘆道：「還能上哪兒去找耶律德光？」

李存孝緩緩搖頭：「長安民房萬千，客棧無數。他若刻意躲藏，憑我們兩個是找不出來的。」

「嗯……」莊森沉吟片刻，說道：「那只能從沒有在刻意躲藏的人身上下手了。」

李存孝調侃：「我怎麼看都覺得你根本就想找她下手。」

「不要把我講得像個淫賊一樣。」

「不敢，江湖上人人都知道玄日宗莊森大俠乃是正人君子。」

莊森伸個懶腰，打個呵欠。「倦了，回去大睡。可惜李兄今晚沒得睡了。」

「無妨。我有睡午覺。」李存孝說。「但我還是不認為上官姑娘會是惡人。」

「希望不是。」莊森說。「但她若不是，線索就斷光了。先回玄日宗分舵再說。」

□

莊森於丑時過後回到玄日宗分舵。分舵中燈火通明，弟子忙進忙出，毫不似深夜時分。死於機關屋的弟子屍首都已運回分舵，攤在前院草蓆上，有些斷肢難辨其主，只能先擱在一旁，等天亮再說。

莊森站在劉大光屍首面前，招來一名路過的弟子，問他：「舵主呢？」

弟子道：「稟大師兄，舵主人在正廳。」

「她受了傷，怎麼沒去休息？」

弟子訝異：「怎麼舵主受傷了嗎？她一回分舵就率領弟子前往城東收屍，不久前才回來的呢。」

莊森皺眉，不知上官明月又回案發現場是否另有企圖。他也不願懷疑上官明月，偏偏對同門師妹的戒心已然根深蒂固。他心想：「上官師妹的說詞合情合理，從前我絕不會去懷疑她。唉，是我成見太深了嗎？無論如何，看看再說。」

莊森步入正廳，見上官明月坐在舵主寶座上，腿上放了一疊書信，愣愣看信出神。莊森喚了聲「師妹」，上官明月沒理會他。他走到座前，又叫一聲，上官明月這才回過神來，抬頭看他，說道：「師兄回來了！你找到耶律德光了嗎？」

莊森搖頭：「他不在城內藏身處。」

「馬孝呢？」

「還在外面找他。」莊森拉把椅子，坐在上官明月身前，伸手輕按她的脈搏，說道：「師妹受了傷，不宜操勞。早點去休息吧。」

上官明月眼看他的手指搭住自己手腕，臉色微紅，勉強笑了笑，說道：「師兄不是幫我治好傷了嗎？分舵死了這麼多弟子，我怎麼能去休息？」

莊森搖頭：「我雖已排除妳體內所受的陰寒掌力，但妳心脈受傷，總有後患，還是要多休息才是。」

上官明月收回手，搖頭道：「我不礙事，師兄不必多慮。既然耶律德光沒有出城，我一定要盡快把他找出來。」

莊森道：「說不定他出城了。黃謙有好幾條出城密道，就算耶律德光沒從城東走，只要他有心出城，這段時間已經夠他離開。」

上官明月道：「我已派展師弟知會京兆府，取了公文深夜出城。此刻十二城門外都有本宗弟子在搜人。且看我們長安分舵布不布得下天羅地網。」

莊森動容：「師妹好霸氣，不愧是分舵主。」

上官明月抿嘴道：「契丹人殘殺本宗弟子，還害死劉師兄。倘若讓他跑了，我上官明月無顏面對分舵弟子。」

莊森問：「師妹跟劉師弟交情不淺？」

「畢竟相識多年。」上官明月說。「莊師兄累了幾天，莫再逞強，先去睡吧。如果有事，我會叫你。」

莊森故意打個呵欠，問道：「師妹在看什麼？」

「從前與玄天院的往來書信。」上官明月拍拍信紙。「我總覺得事有蹊蹺，但又想不出蹊蹺何在。且讓我好好想想。師兄別打擾我。」

「呃……」莊森本想套她的話，但如今正面相對，又覺得之前對她的懷疑宛如空穴來風。他說：「那好，我是真累了，就先去歇歇。有事叫我。」

莊森打了盆水，回到臥房，洗臉擦身，隨即上床。他心想：「師妹身虛體憊，卻堅持不肯休息，似乎是在等待什麼？她爲什麼要翻玄天院的舊信？此事與玄天院又有何關連？此刻漫無頭緒，只能瞎猜，還是趕緊睡覺，養精蓄銳爲上。」他沉浸思緒，調節呼吸，功力散入四肢百骸，渾身懶洋洋的，當場沉沉睡去。此乃玄日宗睡覺功，專門應付壓力下極需睡眠的情況，讓行功者把握時間休養生息。

不知過了多久，莊森於沉睡間聽見細微聲響，隨即驚醒過來。他翻身下床，神色戒備，側耳傾聽，跟著又聽見窗上啪噠一聲，似是小石撞擊窗戶。他走到窗邊，推開窗戶，隱約可見五丈外的圍牆上露出顆頭來，正是李存孝在對他眨眼。

莊森探頭出窗，見左右無人，隨即跳出窗外，關上窗戶，翻牆而出，落在李存孝身旁。李存孝比個手勢，莊森隨他上屋奔行，跳過幾間民房屋頂後，李存孝要他伏低身，指著在下方街道上騎馬趕路的兩人，低聲道：「上官明月跟你們一個副舵主。」

莊森凝神一看：「他叫展淵明。師妹派他去巡察城外，搜索耶律德光。」

「就是說他們要出城了。」李存孝等兩人騎出一段距離，這才站起身來，展開輕功，在屋頂上跟隨而去。莊森緊隨在旁，問道：「怎麼回事？」

李存孝說：「一刻之前，展淵明回到分舵與上官明月說了幾句，兩人隨即備馬出門。」

「就他們兩人？爲何不多帶弟子？爲何不叫我起床？」

「我哪知道。」李存孝邊跑邊說。「你有問出什麼名堂嗎？」

「沒。」莊森搖頭。「上官師妹動員全分舵人馬，誓要找出耶律德光。她所有反應都像是要爲弟子報仇的舵主，看來並無其他異樣。我說她身體虛，要她休息，但她報仇心切，說什麼都要坐鎮指揮。」

「你不懷疑她了嗎？」

「唉。」莊森嘆。「不懷疑又何必跟蹤她？她既然跟耶律德光交過手，自然知道憑他們二人不是耶律德光對手。有什麼理由不找我一起來？」

「或許他們不是要去找耶律德光。」李存孝說。「或許七掌櫃眞的另有其人。」

「瞎猜無益，跟著吧。」

上官明月馬快，騎得又急，若非莊森和李存孝這等高手，絕不可能徒步跟上。兩人跟了小半個時辰，累得上氣不接下氣，終於抵達城東通化門。展淵明之前已經出過此門，守門的衛士也不盤查，逕自開門讓他們出城。莊森等候片刻，取出京兆府令牌上前，衛士問了幾句，也放他們出城。兩人加快腳步，沿大道狂奔，又追了一刻才看見上官明月和展淵明的身影。兩人此刻馬速已慢，蹄聲變輕，莊李不敢太過逼近，只能遠遠跟隨。所幸天色黑暗，黎明將至，上官明月兩度回頭都沒看見他們。

兩人在一片樹林外下馬，將馬拴在樹上，徒步入林。莊李二人放緩呼吸，步伐輕盈，無聲無息地跟了進去。樹林盡頭是座大莊園，臨瀍河，莊園後方黑壓壓的，有幾座巨大房舍，天色太黑，看不真切。莊森和李存孝躲在五丈之外，運功加強耳力，傾聽上官明月和展淵明說話。

展淵明說：「師姊，師弟都在樹林北邊待命，見我發放飛火，立刻就能趕來。」

上官明月問：「只有最親信的師弟？」

「十二名。」

上官明月打量河邊莊園。其時天還沒亮，莊內無人起床，亦無半點燈火，看不出任何端倪。她問：「你說這裡是天河船廠？」

「是。這是他們的長安廠。」展淵明指向莊園後方的漆黑輪廓。「那裡是造船廠房、林木廠、工寮。之前劉師兄想買自己的貨船運貨，曾派我來談過生意。」

「你肯定契丹人跑進去了？」

「賈師弟和楊師弟親眼所見，應該錯不了。」

上官明月來回踱步，低頭沉思，片刻後問：「顏如仙在嗎？」

「不知道。」展淵明答。「她多半時候都待在梁王府裡，不過三不五時也會留宿船廠。我們沒有特別盯著她，不知道她今晚行蹤。」展淵明等候片刻，見上官明月沒有開口，便說：「師姊，攻打顏如仙等於攻打梁王府，這樣做有違總壇的宗旨。」

「嗯，你讓我想想。」上官明月喃喃低語。「顏如仙……顏如仙……難道會是她？」

李存孝轉向莊森，揚眉詢問。莊森低聲道：「我不知道顏如仙與此事有何相關，但若說她跟耶律德光聯手，實在說不通。朱全忠寵信朱友倫，這點從他把長安梁王府留給他管就看得出來。朱全忠絕不會爲了藉口殺崔胤而毒死朱友倫。此案不太可能是梁王府的人在幕後主使。」

「會不會顏如仙別有所圖？」

「我不知道。」莊森皺眉沉思。「顏如仙意圖統領梁王府群豪，爭奪第一食客之位。但朱全忠卻想從外面找人進來取代薛震武，或許此事引發她的不滿，但我……不知道。她總說是爲了保住漕運生意才加盟梁王府，可我其實跟她沒那麼熟。」

上官明月突然縮身樹後，展淵明緊張兮兮，當即蹲下。上官明月拍他肩膀，往右一指，說道：「那邊有動靜。」展淵明轉頭去看，上官明月一掌劈下，將他打昏。

這下來得突然，莊森大吃一驚，忍不住咦了一聲。上官明月驚覺，轉身面對身後。就聽見嘩啦一聲，當空落下一張大網，把上官明月罩於其中。莊森和李存孝連忙跳下藏身的大樹，落地後尚未開跑，眼前已經飛來一張大網，迎面罩上，縛手縛腳。兩人臨危不亂，各自握住網繩，要憑強悍內勁破網而出。四周破風聲起，射來多支弩箭。兩人身在網中，難以閃避，只能側過身體，以手臂承受箭擊。片刻過後，兩人身上各自插了三支弩箭。傷口痲癢，顯然餵有迷藥。莊森百毒不侵，也不懼怕，但覺身邊一沉，與他同困網中的李存孝已然昏厥過去。他重心一失，隨李存孝倒地。

莊森瞪大雙眼，眼望樹林，只見黑暗步出一人，卻是天工門門主黃謙。黃謙先是蹲在上官明月身前，拿浸過迷藥的手絹摀住她口鼻，將其迷昏，說道：「上官姑娘是美人，黃某憐香惜玉，可不想對妳射箭。」接著他站起身來，轉向莊森，神色猙獰，笑道：「莊大俠，你也有今天呀？」

箭頭上的迷藥藥性猛烈，雖然一時迷不倒莊森，還是令他頭暈目眩，加上手臂中箭，失血甚多，他視線模糊，說話也含糊起來。他說：「黃謙，你把《玄黃七經》交出來，我就饒你一命。」

黃謙哈哈大笑，說道：「你們玄日宗的人就是愛說大話。死到臨頭，你還饒我一命？」他拉開弓弦，裝填弩箭，箭頭對準莊森。「我對準你的眼睛一箭下去，任你神功蓋世，也別想活命。」

莊森勁運右臂，內力聚於插在手臂上的三支弩箭下。黃謙上前一步，手指微動瞬間，莊森狂吐內力，三支弩箭噴出手臂，在一片血雨中激射而出，命中黃謙眉心、喉頭，及胸口。黃謙放脫弩弓，身體後仰，尚未倒地便已死去。

莊森出道以來，鮮少痛下殺手。今日命懸一線，又心知對方是惡人，出手便不容情。只不過如此激出弩箭，扯裂傷口，大量失血，加上迷藥厲害，他一時之間昏昏沉沉，幾欲暈去。他勉強伸出左手，點了右臂穴道，阻止傷口失血。他想從藥袋裡拿顆提神醒腦的藥丸，但是左手已經失去力氣，只得平躺在地，運功調習，意欲排除體內迷藥。「這迷藥好厲害，連我的玄藥真丹都擋不下來。多半是出自《左道書》裡的藥物。李存孝功力深厚，中箭後亦立刻昏厥，我若不盡快排除藥性，遲早也會昏過去。」

天河船廠院門推開，走出幾條身影。爲首之人婀娜多姿，風韻猶存，正是船廠當家顏如仙。她領頭來到林間，比手勢讓手下抬走上官明月和展淵明，跟著走到黃謙屍首前，低頭看他，皺起眉頭，輕輕嘆氣。「黃兄啊，早教你不要意氣用事，等莊公子昏去再出來，你偏就不聽。」她撿起黃謙的弩弓，起身看向莊森。「莊公子，你躺在地上奄奄一息，竟然還能殺死黃兄，武功之高，驚世駭俗。」

莊森視線模糊，頭不能轉，只說：「武功再高……也比不過人心算計。」

「是呀，就算練到你師父那樣天下無敵，還不是栽在你那些師伯手上？」顏如仙嫣然一笑。「莊公子武功高強，本當家不敢近身。我這可要拿箭射你了，你不會像殺黃謙一樣殺了我吧？」

莊森閉上雙眼，想搖頭卻搖不動。「顏當家要殺我？」

「捨不得呢。」

莊森感到右腳一痛，迷藥襲體，終於渾身痠軟，昏了過去。

□

不知過了多久，莊森幽幽醒來，下身一片冰涼。他睜開眼睛，發現自己身處水牢，兩手高舉，讓鐵環鎖在身後牆上。腳上也有腳鐐，鍊條稍長，可以移動，不過膝蓋以下積滿了水。水牢頂端有鐵欄杆，更上面的牆上架有火把。火光昏暗，隱約照出牢中輪廓。莊森看見水牢四面牆前各鎖一人。李存孝在他右手邊，展淵明在他對面，上官明月則給鎖在左側牆前。此刻李存孝已醒，上官明月跟展淵明兀自昏迷。

「李兄，你沒事吧？」莊森看著他左手臂上的三支弩箭問道。

「死不了。」李存孝說。「只是力氣恢復得慢。」

「什麼情況？」

「我醒來就在這裡。上面有獄卒，不管我說什麼都不吭聲，也不知是不是啞巴。天河船廠有水牢，這叫因地制宜。」

莊森看著四人頭上的方形洞口，說道：「看來還能再放水。要是不聽話，隨時可以淹死我們。」

「先叫醒他們兩個。」

莊森左腳移動到地下鎖鍊釦環旁，讓右腳能夠上提一尺。他嘗試提腳，濺起水花，估算方位。抓到訣竅後，他在腳上運勁，往上官明月臉上踢水。如此踢了幾次，上官明月嚶嚀一聲，甦醒過來。李存孝如法炮製，不一會兒踢醒展淵明。

上官明月驚魂稍定，看清環境，問莊森：「師兄，這是怎麼回事？我們怎麼會一起被抓了？」她突然想起昏迷前的事，又問：「你們跟蹤我？為什麼？」

莊森說：「這個……我……」

展淵明突然叫道：「師姊！妳打昏我？妳為什麼打昏我？」

上官明月尷尬道：「這個……我……」

李存孝不禁好笑：「你們玄日宗眞是有趣，有猜忌也有祕密。」

上官明月逮到機會，立刻轉口：「師兄，這馬員外究竟何人？你跟我說他還在找耶律德光，結果卻跟他一起來跟蹤我？」

莊森道：「我就說有事叫我起床。妳大老遠跑來天河船廠，不但找耶律德光，還找顏如仙。這是怎麼回事？妳解釋解釋。」

「你先解釋為什麼要跟蹤我？」

「教妳叫我不叫我，我當然要跟蹤妳啦！」

「你是不是懷疑我什麼？你說！」

「我懷疑妳？我……」莊森朝展淵明側頭。「妳把展師弟給打暈了，這還不可疑嗎？」

「我……」

展淵明也道：「是呀，師姊，妳該解釋解釋。」

上官明月雙眼靈動，在左右兩人身上遊走，最後目光停在李存孝臉上。「此事涉及本宗隱私。有外人在，不便解釋。」

展淵明張嘴欲言，一副不信她的模樣，但她既然都這麼說了，牢裡又確實有外人，自然不好逼她解釋。

李存孝笑道：「上官姑娘說得有理，玄日宗隱私，我一個外人確實不便偷聽。大家同牢共囚，也算是場緣分。今日若不能同舟共濟，多半就要死在這裡，如此相互猜忌，終究不是辦法。這樣吧，就讓我這個外人先說個祕密，你們不把我的祕密說出去，我就不說你們的祕密。」他見上官明月與展淵明遲疑，也不等他們答話，直接說道：「在下李存孝，乃晉王府第十三太保。」眼看上官明月和展淵明神色訝異，他搶在他們開口前繼續說道：「不，我沒有被車裂。多年以來，我一直在晉王府隱居，這幾年才重出江湖。我化名馬孝寄籍長安，是為了調查一椿師門竊案而來。此刻看來，這椿竊案似乎與耶律德光有關，事實上，我也曾懷疑過上官姑娘。」

上官明月皺眉：「我什麼時候偷過你的東西了？」

「那就先別管。」李存孝說。「我已經把我的祕密說出來了。請上官姑娘解釋解釋吧？」

上官明月遲疑，轉頭看向莊森，問道：「大師兄，他說的是眞的嗎？」

莊森點頭。

上官明月問：「此事涉及玄天院，眞的要說給他聽嗎？」

莊森說：「李兄的師父與本宗大有淵源，他要找回的失物，也是我急著要找的東西。妳說吧。」

上官明月抬頭看向水牢欄杆，揚起眉毛，說道：「師兄知道他們在偷聽吧？」

「這個自然，但我認爲他們知道的比我還多。」莊森抬頭大聲道：「顏當家，不如過來一起聽吧？」

上方傳來鐵門開啓聲響，沒多久顏如仙走到水牢之上，透過欄杆笑道：「好啊，當然聽啊。還沒審問，犯人就要招了，這麼好的事，一輩子也遇不上幾回。請說，請說。」

上官明月瞪向顏如仙，說道：「顏如仙是玄天院的人。」

莊森愣了愣，說：「什麼？」

「顏如仙是玄天院的人。我也是今晚方知。」上官明月說。「玄匪亂後，長安玄天院始終沒有回報，是因為有人背叛他們。當時宣武軍尚未對付長安分舵，就已經先去抄了長安玄天院。幸虧宣武河東聯合誣陷玄日宗作亂之事早就有跡可尋，玄天院的師兄弟在事發之前就已捨棄言易書院，這才逃過一劫。這半年來，他們消聲匿跡，不與分舵聯絡，就是為了追查叛徒。」

展淵明一頭霧水：「玄天院是什麼？」

「本宗機密，有機會再詳說。」莊森問上官明月：「但若顏如仙是玄天院的人，妳怎麼會今日方知？」

上官明月道：「玄天院跟我接頭的人固定就是一位易師兄。我們很少碰面，多半是書信往來。其他玄天院有什麼人，我一概不知。我知道他們在梁王府有眼線，但那眼線是誰，我沒問過，他們也沒說過。」

莊森抬頭看向顏如仙，只見顏如仙笑盈盈地看著他，沒有承認，也不否認。他說：「他們懷疑是梁王府的眼線出賣他們的？」

「此事甚難追查，要排除一人的嫌疑都要花費許多時日。易師兄他們查了半年，還是查不出叛徒是誰，只因不單玄天院本身的人有嫌疑，所有知道玄天院之事的人都有嫌疑。這也就是易師兄他們不敢與莊師兄相認的原因。」

莊森眼睛一轉，恍然道：「今晚被我們打傷的黑衣人果然是玄天院的人。」

「是。被師兄打脫胳臂的是易羨央師兄。讓馬……李存孝打傷的是王文龍師兄。我今晚是在從機關屋回分舵的路上遇到他們的。他們還是無法排除我是內賊的可能，但已經別無選擇，非來找我幫忙不可。三個月前，有人開始獵殺玄天院的人，至今已經死了十三人。契丹人獵信鴿，果然就是爲了尋覓玄天院的下落。易師兄他們循著契丹人這條線索追查，查出七掌櫃的眞實身分跟梁王府脫不了關係。他們推敲新七掌櫃的所作所爲，猜想他就是玄天院在梁王府中的眼線。氣人的是，就連易師兄也不知道梁王府的眼線是誰。」

顏如仙笑道：「如果你有一天可能會出賣他們，那就別讓他們知道你是誰。這是道上的生存法則，並非針對玄天院。」

「我回分舵後，就開始翻閱與玄天院的往來書信，試圖從中看出端倪。可惜一無所獲。」她看著莊森：「我相信大師兄，但易師兄他們尚不敢信你。展師弟查到耶律德光進入天河船廠，我沒叫師兄一起來是想要先確認情況。倘若顏如仙眞是背叛玄天院的叛徒，我就會派人來請師兄一起行動。只想不到師兄你不肯信我。」

展淵明說：「師姊不是一樣不信我嗎？」

「我……」上官明月解釋：「玄天院是本宗機密，尋常弟子不得而知……」

「那妳吩咐我留在外面就是了，何必把我打昏？」展淵明忿忿不平。「說到底，妳就是擔心我也要出賣妳。」

上官明月張口欲辯，接著又閉嘴。她嘆口氣道：「這江湖爾虞我詐至此，誰又知道能相信誰？」

莊森想起自己懷疑上官明月，心裡大感慚愧。他說：「展師弟，舵主也不想懷疑你的，你就別糾結了。」

展淵明氣道：「大師兄，我要調分舵！這女子婦人心思，胡亂猜忌，我不能在她底下辦事！」

「幼稚。」李存孝說。「你找個不懂猜忌之人來當舵主，你們分舵就完了。」

「要你多嘴！」

「夠了！」莊森大聲道，「我們若能活過今日，再談調分舵的事。」

顏如仙道：「是呀。要調分舵，也得活著離開這裡才行。」

四人同時抬頭看她，聽不出這話中有多少威脅意味。莊森道：「敢問顏當家，如何才能活著離開此地？」

顏如仙看看四人，嘖嘖兩聲，最後對著李存孝說：「莊公子三人或許可以，太保大人可出不去了。」

李存孝問：「妳我有何怨何仇，為何要取我性命？」

顏如仙招了招手，身後走出一人，站在鐵欄上低頭看向眾人，正是契丹少主耶律德光。顏如仙道：「你我無怨無仇，是耶律公子要殺你。」

李存孝問：「耶律兄，你我相識一場，合作愉快，為何起殺心？」

耶律德光道：「我今晚在玄日宗那些人身上使了真實功夫，你還看不出來嗎？」

「你是《玄黃七經》的傳人？」李存孝還是難掩驚訝之情。儘管今晚的人證事證都指向耶律德光練過《玄黃七經》的功夫，他依然很難讓自己相信此事。他說：「而你還與我結交這麼久？」

耶律德光說：「你我利害關係一致，我本是誠心與你結交。可惜來到長安之後，與黃謙等故人搭上了線，我才知你在追討《玄黃七經》，獵殺七經傳人。當年竊取《玄黃七經》，我也有參與。你想收回七經，遲早都會跟我一戰。論武功，我未必是你對手。這次正好透過七掌櫃安排，順勢把你除了。」

李存孝問：「憑我們的交情，有事不能好好說嗎？」

「性命交關之事，不可亂講交情。」耶律德光說。「況且此刻七掌櫃有求於我，機會難得，不可錯過。當初是李兄幫我找七掌櫃搭線的，如今作繭自縛，只怪你識人不明。」

李存孝轉向顏如仙：「所以妳眞是七掌櫃？」

顏如仙點頭：「如假包換。」

上官明月問：「妳出賣玄天院，幫著契丹人獵殺玄天院之人，究竟爲了什麼？」

「我要他們的樞密文件。」顏如仙一副理所當然的口氣。「嚴格說來，是耶律公子要他們的樞密文件。」

上官明月皺眉：「玄天院所藏的樞密文件面面俱到、鉅細靡遺。若讓契丹人得去，莫說長安官員，各節度使都會受到影響，甚至鄰近外國也恐將顚覆。妳怎麼能這麼做？」

顏如仙道：「瞧妳說得這麼嚴重。我梁王府收集的樞密軍機也不比玄天院差多少，妳看見我們統一天下了沒有？那些東西只能提供優勢，眞要執行起來，哪有那麼容易。」

莊森問：「敢問顏當家，妳幫契丹人是基於七掌櫃的身分，還是代表梁王府？」

顏如仙笑：「莊公子猜猜。」

莊森道：「我猜妳是跟契丹人說好了，只要幫他們弄到玄天院的樞密文件，他們就答應與梁王府結盟。而妳顏如仙幫梁王締結契丹外援，立了大功，這梁王府首席食客之位，自然就非妳莫屬了。」

顏如仙讚歎：「莊公子好厲害呀。」

莊森嘆：「我這一年來讓你們這些人練得思緒清楚，條理分明。」

「那你倒是猜猜看，你們要如何才能活著離開？」

「哼！」李存孝語氣不屑：「妳當然是想著落在他們身上，問出玄天院文件的下落。」

莊森見顏如仙微笑點頭，便說：「我不知道。」

上官明月說：「我剛剛就說了，玄天院不信任我們，他們自然不會告訴我文件藏在何處。」

展淵明搖頭：「我聽都沒聽過玄天院。」

顏如仙拉動機關，四人頭上的方孔噴出水柱，濺灑在鎖在對面牆上之人身上。四人給噴到口鼻浸水，狂咳猛嗆，難以說話，噴了好一陣子才終於停水。莊森又咳了幾下，吐出冰水，眼看積水已到胯下，忍不住心下緊張。他說：「不知道就是不知道，妳淹死我們也不知道。」

顏如仙道：「莊公子誤會了。本當家只是示範一下這水牢的厲害。我相信你們不知道玄天院文件藏在何處，但那姓易的肯定知道。今晚他既然跟上官舵主接了頭，總不會讓她孤身前來。你以爲耶律公子爲何自曝行蹤？他是要請君入甕呀。」

「請問……」莊森插嘴，「那我跟李存孝……」

「喔，本來我們沒打算抓你們的。」顏如仙笑。「但你們既然來了，我也不能不抓呀。」

有人急奔而來，在顏如仙身後說道：「當家的！廠房走水了！」

顏如仙拍拍手：「來了，可來了。讓江工頭的人去救火，剩下的人待在原位，準備迎敵。」她特別交代：「玄日宗的人武功高強，別跟他們正面衝突。用黃老闆架設好的機關應付便是了。抓活的。」

來人得令而去。顏如仙低頭道：「好啦。正主來了，誘餌已經沒用。各位就去死吧。」說完伸手要拉機關。

莊森忙道：「顏當家！妳不是說讓我們活著離開嗎？」

「我說笑呢，莊公子當眞了？」顏如仙輕笑。「你們知道了這麼多，我怎麼能讓你們走？萬一傳出去說朱友倫是我安排墜馬的，我在梁王府還要不要混？」

「妳若忠於梁王府，爲何要殺朱友倫？」

「莊公子這樣是拖延不了多少時間的。」顏如仙道。「朱友倫是個白痴，對梁王有害無益。只因會說好話，得梁王寵信，才能留駐京城。要本當家聽他號令，那可多沒意思。殺他是對梁王好，無礙我一片忠心。」

「妳……」

李存孝道：「莊兄弟，此人權力熏心，喪心病狂，不用再跟她說什麼了。」

「是呀，莊公子，你就閉嘴吧。」顏如仙說完，拉下水牢機關，跟耶律德光一起離去。

機關開啓，牆上四洞噴出水柱。這回四人早有準備，及時歪過頭去，不讓水柱直接噴中。展淵明一邊躲水一邊喊道：「上官明月，今天眞被妳害死了！妳要肯信任分舵弟兄，大家把天河船廠圍了，又怎麼會落到這個下場？」

上官明月也叫：「你在外面還說跟梁王府的人正面衝突有違總壇宗旨，現在又要我包圍船廠？給我來點骨氣行不行！」

莊森運勁拉扯固定雙手的鐵環，企圖將鐵環扯下石牆。他喝道：「夠了。想辦法脫身要緊！」

四人一陣掙扎，各自想辦法脫身。莊森蠻扯片刻，鐵環絲毫不動，心裡越來越急。他問：「上官師妹，雲仙掌裡有套鬆筋易骨的要訣，妳有沒有試試？」

上官明月搖頭：「這鐵環鎖得太緊，陷入皮肉，鬆筋易骨沒有用。」

莊森又轉向李存孝：「李兄，你的天地掌脫胎自開天闢地刀，能否以掌緣化利刃，劈開石牆？」

李存孝道：「莊兄弟太看得起我了。我的掌刃再利，也利不過尋常刀刃。況且手這麼貼牆鎖著，劈不出什麼鳥的。」

水深及腰，莊森沉氣靜心，思索對策。他兩手撐直，鎖在牆上，本來沒有空隙施力。這時水位上升，他以雙腳貼牆，將身體微往上撐，手臂終於有點轉圜空間。他手肘前伸，離牆約莫一吋，運足功力，手臂狠狠往牆上撞去。就聽見碰的一聲，牆壁微微撼動，但卻沒有絲毫受損。莊森閉上雙眼，再次挺肘，二度擊牆。這一回左臂處依然沒有反應，但右臂下的牆面上多了一條兩吋長的裂痕。

李存孝讚歎道：「莊兄弟可眞是神功蓋世。一吋之遙也能打出如此力道。」他望向已經淹到胸口的積水，搖頭：「可惜水淹得太快，來不及的。」

莊森繼續以手臂擊牆，側頭看著他道：「李兄爲何老神在在，毫不驚慌？」

李存孝呶呶嘴：「因爲上官姑娘也不特別驚慌呀。」

莊森轉向上官明月，見她抬頭望著牢頂鐵欄，問她：「師妹，妳有對策？」

上官明月說：「束手無策，只能等了。」

李存孝說：「上官舵主行事老成，凡事謀定而後動，不會毫無準備就闖龍潭虎穴的。」

上官明月低頭看他：「你倒挺瞭解我的？」

李存孝道：「玄日宗不管傷了多少元氣，終究還是武林第一大派。我在長安落腳，總得留意玄日宗分舵主是什麼樣的人呀。」

莊森又撞石壁，感覺右手的牆面裂痕擴張，鐵環似乎有所鬆動。可惜這時水已經淹到喉嚨，再過不久就要淹過口鼻。他就算能夠拆下鐵環，也未必有辦法擺脫腳鐐，更別提牢頂的鐵欄了。他問：「師妹，妳有何準備？」

上官明月身高較矮，水淹更快。她腦袋後仰，盡量讓嘴保持在水面上，說道：「柴房失火，多半是等在林外的親信師弟妹放的。顏如仙忙著應付他們，玄天院的人就會趁亂來救我們。」

莊森瞪大雙眼：「妳是故意讓她抓進來的？」

上官明月道：「不這麼做，怎麼套出顏如仙的意圖？只盼易師兄他們快點找來，不然一切都是枉然。」說完大口吸氣，水淹過頭，上官明月全身放鬆，運氣龜息，在水裡盡力保命，只剩兩條皓臂留在水上。

莊森深吸口氣，屏住呼吸，在大水滅頂的同時撞爛右手牆壁，將右手鐵環自牆上扯下。他右掌抓住左手鐵環，雙手同時使勁，登時把左手鐵環也扯了下來。他沉入水裡，要扯腳環，但在水中施力不易，他怎麼扯也扯不開。他放開腳環，抓住鎖鍊，使盡全向外一分，終於拉斷鍊環。

他身獲自由，游向李存孝。這時水深已經超過雙手鐵環，環板四周牆面也不曾遭受掌力擊裂，莊森在水裡難以施力，無法像扯開自己左手鐵環般助李存孝脫險。他兩手握住李存孝右手鐵環，身體打橫，雙腳頂著牆面，運足功力，使盡力氣往外扯。李存孝同時運功，拚命掙扎，終於扯鬆了右手鐵環。片刻過後，李存孝脫困，水牢的水卻也快要滿了。兩人往上一游，腦袋探出水面，頭頂已經撞上牢頂欄杆。

李存孝問：「他們能撐多久？」

莊森道：「展淵明能撐一刻，上官明月更久。」

李存孝握住鐵欄，雙手外分，毫無動靜。「這欄堅固，不是一般精鋼。」

牢頂欄杆乃是一體成形的大牢門，沉重無比，需以絞盤機關拉動方能拉啓。莊森出掌重擊，無奈腳下無實地，這一掌只打得他身體沉入水中，欄門絲毫不受影響。他游回水面，水已深及雙眼，只容他最後再吸一口氣。他跟李存孝一般心思，同時大口吸氣，運起獅吼功，叫道：「救命呀！」接著完全滅頂，雙手握住欄杆，眼巴巴地看著水面上的黯淡火光。

接著一條人影飛過水面，穿越水牢上方石室，落在另外一邊。莊森看見牢頂冒出條黑衣身影，對著水牢張口大叫，但卻聽不見他叫些什麼。對方拉拉牢頂欄杆，紋風不動，隨即左顧右盼，退了開去。莊森等候片刻，突然感到水流一變，水面開始下沉。莊森把嘴湊出水面，叫道：「找絞盤，開牢門！」

片刻過後，右側牢頂斜開，露出一條小縫。莊森游過去，左手抵住牢緣，右掌抓住頂欄，奮力往上推。縫隙擴大，他右腳跨上水牢邊，側身自夾縫中翻了出去。他趴在牢邊，喘了幾口，轉頭看向對面，只見昨晚被他打脫臼的黑衣人易羨央站在牆邊，轉動牢頂絞盤，而他身後的牢門口突然飛進另一名黑衣人，撞在他背上，兩人一起摔倒。這時李存孝正要爬出水牢，莊森來不及去撐頂欄，只好出腳將李存孝踢回水裡。絞盤迅速轉動，頂欄巨響落地。莊森爬起身來，面對門口。

耶律德光哈哈大笑，步入石室，邊走邊道：「玄天院鼠輩，想要聲東擊西，趁亂救人，卻沒想到本公子早就等候多時了吧？」他進門後看見莊森已經站在旁邊，微微吃驚，指著他的手腳環銬道：「你這姓莊的是不是人呀，這樣都還逃得出來？」

莊森雙手鐵環連著鐵板，腳銬拖著鎖鍊，加上衣服潮濕沉重，行動十分不便。他舉起雙手，敲敲鐵環，邊咳水邊道：「怕了吧？我數到十讓你先逃。」

耶律德光左手高，右手低，擺了個玄陰掌的起手勢。「時間給得這麼寬裕，是你怕了我吧？」

莊森晃晃雙手，踢踢雙腳，適應重量。扣住他手腕的鐵環有兩吋長，加上固定其後的鐵板，使他手掌難以上抬，掌法中許多招式都將施展不開。不過手臂上兩塊鐵板就像兩面小盾牌般，用以抵禦攻擊倒也方便。腳踝上的鐵環各拖半截鐵鍊，雖說甩動起來足以傷敵，但若沒甩好可是會打中自己。他決定穩固下盤，不亂出腳。「易師弟，這人我擋著，你們先救人。」

耶律德光突然發難，衝向易羨央，打算趁莊森行動不便，先打倒其他兩人，以免他們放出更多囚犯。莊森一邊迎去，一邊叫道：「你打死他們，就別想得到玄天院的東西。」

耶律德光微微遲疑，莊森已經踢出右腳，甩出鎖鍊，纏住耶律德光左手腕。耶律德光反手握住腳環，釋放玄陰寒氣，意欲一舉凍僵莊森右腳。莊森運轉勁訣，將玄陰寒勁盡納體內，順勢轉身迴旋，左腳反踢對方後腦。耶律德光怕被鎖鍊甩中，不敢出掌硬擋，連忙矮身閃避，左手轉動鎖鍊，甩開莊森。

莊森落在易羨央身邊，右腳差點絆到左腳鎖鍊。易羨央正要動手轉絞盤，見狀連忙伸手扶他。耶律德光以爲是玄陰掌勁發威，凍傷莊森的腳，當場哈哈大笑，說道：「玄日宗莊森好大名頭，原來不過如此。」

莊森兩手一攤：「有本事就解開我手腳鐐銬再來打。」

耶律德光見易羨央開始轉動絞盤，便道：「有便宜不占的是笨蛋！」說完出掌搶攻。

莊森站在原地，以雙手鐵板抵擋對方掌勢。他沒練過盾牌攻防之術，如此招架顯得十分笨拙。幸虧他曾多次遭遇玄陰掌，對這套掌法招式瞭若指掌。耶律德光一抬手，他立刻知道對方要打哪裡，每每料敵機先，盡擋敵招。耶律德光見他招式混亂，手忙腳亂，還以爲自己占盡上風，幾度差點擊中莊森，偏偏他運氣極好，盡數擋下。耶律德光暗叫幾聲可惜，出手越來越快。莊森手腳沉重，運轉不靈，不過那鐵環鐵板的尖角鋒利，稍微轉動方位就能逼對方變招。

兩人再打片刻，耶律德光開始慌了。莊森那些似拙實巧的鐵板招式漸漸變得頭頭是道，自己施展的神妙掌法完全占不到上風。更可怕的是，以他數度擊中鐵板所灌注的掌力而言，莊森就算內力再強，此刻都該身受內傷，四肢僵硬，口冒白霧，但他卻毫無顯露冰寒之象。眼看李存孝已經翻出水牢，另一名黑衣人正拿從獄卒身上搜來的鑰匙幫其解開鐐銬。萬一李存孝與莊森聯手，自己肯定吃不完兜著走。

他起了遁逃之心，偏偏又想講些場面話，一時間想不出什麼好說，乾脆罵道：「姓莊的，我要把你打成冰柱！」

李存孝等別人幫他開鎖時，嘴裡也不閒著：「你的《玄黃七經》本來就是玄日宗武功，遇上玄日宗高手，還想占什麼好處？莊兄弟的玄陽掌已經爐火純青，專門剋你的玄陰掌。」

耶律德光不信：「此人多大年紀，如何會使玄陽掌？再說，天尊說是玄陰掌剋玄陽掌，不是玄陽掌剋玄陰掌！」

莊森冷笑一聲，說道：「說什麼相生相剋？武功高的剋武功低的，就是這麼簡單。」

李存孝終於擺脫鐐銬，他大喝一聲，上前接下耶律德光的攻勢，說道：「莊兄弟，去解鐐銬。」

莊森退到後方，伸手讓黑衣人解鎖。耶律德光就等莊森退下，只盼莊森忙著解鎖，一時不追上來，就能將其擺脫。倘若定要給人追，他寧願追他的是李存孝而非莊森。他突然寒氣大盛，重掌逼退李存孝，隨即搶到門口，一溜煙似地跑掉。李存孝緊追而去。

莊森不知李存孝的武功能否應付玄陰掌，急著想追過去，但又怕手腳鐐銬拖延速度，只好待著等候解鎖。

這時易羨央已經絞開水牢頂欄，用卡榫卡住機關，水牢中的水也已洩光。莊森正要吩咐易羨央下水牢救人，石室外傳來顏如仙的聲音：「耶律公子拿到鼠輩了嗎？外面那些傢伙呀……」她笑盈盈地走到門口，一見石室內的景象，笑容隨即僵在臉上。

四人愣在當場，目光相對，一時間誰也不知該做何反應。

黑衣人鑰匙輕轉，發出喀啦一聲。顏如仙喊了聲：「欸！」上前跨出半步，黑衣人當即僵住，怕她動手。

莊森哼了一聲，右腳不動，左腳往前伸了伸，顏如仙立刻嚇得後退。

莊森道：「顏當家，妳想動手，就趁我手腳鐐銬尚未解開。再遲片刻，妳便毫無勝算。」

顏如仙眼看著他，說道：「莊公子神功無敵，就算戴著鐐銬，我勝算也不高啊。」

莊森點頭：「不如束手就擒吧？」

顏如仙目光閃爍，盤算片刻，搖頭道：「少陪了！」說完也一溜煙就跑了。

顏如仙一跑，眾人立刻動作。黑衣人加快解鎖，易羨央則跳入水牢查看上官明月等人的狀況。

莊森說：「救出他們後，就去跟玄日宗弟子會合。一個都不能讓他們落入梁王府手中！」黑衣人點頭，解開最後的腳鐐，莊森立刻衝出石室，追趕顏如仙而去。

來到室外，天色已亮，右邊十餘丈外大火連天，船廠的火蔓延到木場，火勢猛烈。大部分天河船廠的人都忙著救火，已沒多少人在管玄日宗入侵者。莊森左顧右盼，不見顏如仙及耶律德光，卻看見前方地下有張大網，裡面裹著兩名玄日宗弟子。莊森跑過去解開網繩，問道：「顏如仙往哪裡去？」

網內弟子往右一比：「她跑進船廠裡了。」

莊森眼看船廠火大，至少有一半廠房冒出濃煙。大門側有一面牆坍塌，露出架在廠內的大船龍骨。莊森見坍牆外有一群人在救火，跑過去接過水桶，邊灑水邊問旁邊的人：「這麼大火，當家的跑進去幹嘛？」

那人說：「搶救草圖，或搭小船逃命吧？早說當家的天仙般的人物，不該出沒船廠這麼危險的地方……」

莊森問：「小船在哪？」

對方往廠房右後角落一比：「當然是後碼頭呀！我說玄日宗那些傢伙可眞混蛋呀……」

莊森不再理他，放下水桶便從坍牆處跳入火場。廠房內火勢猛烈，熱風撲面，普通人根本抵擋不住。莊森的第九層轉勁訣能將敵勁積蓄體內，一刻不散。他把體內積蓄的玄陰寒勁運轉開來，送入全身，藉以抵抗高溫，搭配龜息法應付濃煙，在火場中行走如常。他穿越燒了一半的船骨，來到廠房後方，在大火燃燒聲中隱隱聽見打鬥聲。他循聲而去，跳過無數已經燒到看不出是什麼的東西，終於來到廠房後門，搭架加蓋在河面上的小碼頭前。碼頭上兩條人影，一來一往打得熱鬧，正是耶律德光和李存孝。

李存孝一見莊森，立刻喊道：「莊兄弟！小心！」

就聽見頭上嘩啦一聲，燒得火熱的屋梁突然斷折，夾帶大量火柱直砸而下。莊森讓那股熱壓逼得幾乎喘不過氣，連忙斜身倒縱，幾乎背心貼地筆直竄出。就感到一根根火柱插在身旁腳下，他毫無餘裕閃躲，只能仰賴運氣逃出生天。一道烈燄迎面而下，莊森左掌往地上一撐，身體朝右疾旋，空中連轉三圈，撞上一根火柱，落在旁邊一團火堆裡。他渾身著火，連忙跳向沒火處，將體內的玄陰寒氣盡數噴出，冰熄衣服上的火。一陣冰涼過後，他感到左手臂刺痛陣陣，轉頭一看，才知道他畢竟沒能盡數避開火柱，左手上臂血肉模糊，焦黑片片。

莊森連點穴道，舒緩痛楚，打量面前火場，只見適才屋梁塌處方圓三丈之內插了十幾根火柱，每根都與天工門機關房裡的巨木差不多粗細，不同處在於這些巨木都是筆直落下，中間空隙甚少，顯然經過精心安排。這並非火場燒梁偶然坍塌，而是有人早就架設好的陷阱。莊森伸手遮在眼上，透過火光細看。只見顏如仙自火柱對面的屋頂跳落，隔著火木機關凝望莊森。

顏如仙嘖嘖稱奇：「莊公子命眞大！」

莊森四下打量，火場已遭火柱阻隔，找不到路能夠通往後碼頭。李存孝久戰耶律德光，一時看不出誰強誰弱，但在火場高溫下，耶律德光的玄陰掌肯定有其優勢。倘若顏如仙再加入戰局，李存孝多半不是對手。他喊道：「顏如仙！妳事跡敗露，跑不了的！

快束手就擒！」他只盼找點話說，絆住顏如仙片刻，讓李存孝盡快打倒耶律德光。

顏如仙是老江湖，早已看清形勢。她微笑搖手，不再理會莊森，轉身走向李存孝和耶律德光。

莊森後退幾步，搜尋其他通路。廠房後半本來火勢不大，但在火柱機關落地後登時蔓延開來。莊森耗盡耶律德光的玄陰寒氣，水牢浸濕的衣物也早已烘乾，此刻身處火場，比剛進來時難受許多。所幸他修習玄陽火勁有成，遠較常人能耐高溫，見前方無路，當機立斷，忙自來時路退出火場。

他渾身冒煙，回到火場外，救火的伙計一看，立刻拿桶水往他身上潑。莊森吸了一大口堪稱新鮮的空氣，說道：「多謝這位大哥。」隨即往左邊跑去，繞過屋角，自船廠側面奔向河邊。

那後碼頭起於廠房內，深入河面，總有辦法自河岸上碼頭。莊森來到河邊，見廠房深入河面三丈有餘，之後便是碼頭棧道，旁邊停了一艘小船。莊森加速奔跑，於河邊飛身而起，右腳在廠房牆面輕輕一踏，看準河面上的浮木落下，隨即借力躍上碼頭。他轉身奔向廠房，剛好趕上李存孝雙掌齊發，一掌對上顏如仙，一掌對上耶律德光。

李存孝口吐鮮血，宛如斷線風箏般飛入火場。

莊森大叫一聲，疾衝而上。耶律德光連鬥莊森和李存孝多時，早已疲憊不堪，此刻又見莊森撲來，嚇得毫無戰意，只想逃跑。他一把抓起顏如仙衣襟，對莊森正面拋去，嘴裡喊道：「李存孝中我玄陰掌，性命垂危，你若不快救他，他可死定了！」說完飛身而起，落在碼頭後方，衝向逃命小船。

顏如仙功力稍遜，跟李存孝對掌時受了內傷，加上沒想到耶律德光會突然動手，莫名其妙就被他抓起來丟向莊森。她臨危不亂，空中運勁，施展家傳武學，以驚濤駭浪般的掌力攻向莊森。莊森擔心李存孝安危，片刻不敢怠慢，動手毫不留情。他右掌貼上顏如仙掌心，足下不停，推著顏如仙奔出十餘步，以轉勁訣吸黏勁吸空她的功力，將她丟在地上，繼續衝向火場。顏如仙渾身虛脫無力，再也爬不起來。

李存孝躺在地上，離火柱機關僅數尺之遙，頭髮鬍鬚都已起火燃燒。莊森撲到他身上，用身體悶熄他臉上的火，隨即將他拖回碼頭。

這時上官明月和易羨央隨莊森之前的路子躍上碼頭，朝他跑來。易羨央不知從哪裡撿了把長劍，走到顏如仙身邊，劍指咽喉，以防她再度發難。

上官明月來到莊森面前，問道：「大師兄，耶律德光呢？」

莊森扶起李存孝，掌貼背心，助他調息，說道：「划小船走了。妳沒看到嗎？」

上官明月奔向碼頭末端，只見那艘小船已經划到數十丈外，必須乘船去追，偏偏碼頭上又沒其他船。上官明月大怒，朝河面吼道：「耶律德光！你殺我分舵六名弟子，玄日宗絕不會善罷甘休！」

耶律德光無力回應，只是划著小船盡速逃命。

莊森左手吸取李存孝體內寒勁，右手又將顏如仙的內力灌入他體內，助其療傷。治療玄陰掌傷勢，他已經駕輕就熟，也不需如何專注。他道：「易師弟，把顏如仙綁起來，盡快送交京兆府。朱友倫是顏如仙安排殺的，與崔胤大人無關。你請鄭大人拿她的口供去找朱友諒，證明……」

顏如仙虛弱輕笑，易羨央也皺眉看他。莊森問：「怎麼了？」

顏如仙笑到岔氣，咳了口鮮血，說道：「我殺朱友倫，是有我的目的，但你竟天眞以爲崔胤沒有僱我殺他？」

莊森問：「什麼？」

顏如仙道：「崔胤想建禁軍想瘋了，早就把腦筋動到外族頭上。耶律德光初到長安，崔胤就來找七掌櫃安排接頭。此事讓朱友倫發現了，崔胤擔心傳到王爺耳中，他將狗命不保，於是僱七掌櫃毒害朱友倫。」

莊森難以置信：「什麼？」

易羨央說：「莊師兄，此事玄天院查過，確實是崔胤買兇殺人。」

李存孝甦醒過來，聽見此事，忍不住笑道：「莊兄弟，弄了半天，你白忙了。」

顏如仙道：「崔胤找你查此案，只是爲了死馬當活馬醫。他知你仁義過人，相信人性本善，定會竭盡所能爲他開脫。可惜他不知七掌櫃就是我，是梁王府的人。這件案子從頭到尾他都只有死路一條。」

莊森腦中混亂，一時無言以對。顏如仙見他不說話，便又說道：「莊公子，你把我送京兆府，揭發我殺朱友倫，我也是死路一條。大家相識一場，你就不能放了我嗎？我答應你立刻退出梁王府，從此不問江湖事。」

上官明月一股怨氣無處洩，喝道：「妳興風作浪，玩弄權術，光這件事就死了多少人。不如我現在就殺了妳！」

「師妹，」莊森道，「怨有頭，債有主。本門師弟是耶律德光殺的，不要遷怒顏當家。」

「師兄！」上官明月怒道，「你不會眞想饒了她吧？」

莊森搖頭，看著顏如仙，緩緩說道：「顏當家，我若饒妳，妳可能在一日之內，運用天河船廠的管道，安排崔大人及其家屬離開長安？」

顏如仙立刻搖頭：「不可能，崔胤沒救了。昨晚崔府總管崔均便前往梁王府向朱友諒告發新禁軍案，把同黨全部招供出來。此刻宣武軍早已圍了宰相府，崔胤多半已經斬了。京兆尹鄭元規也難逃此劫。說起這個，京兆府現在很亂，你把我送去，也沒人會收的。」

莊森大驚：「崔均爲什麼要這麼做？」

「爲了活命啊。」顏如仙道。「亂世之中，誰不爲了活命？」

莊森療傷完畢，扶李存孝起身。他招來上官明月和易羨央，吩咐道：「去跟本宗弟子會合，幫忙船廠的人救火。」

上官明月問：「那顏如仙呢？」

莊森拍拍李存孝肩膀，說道：「馬員外跟耶律德光有私怨，非要抓他回來不可。顏當家與耶律德光相熟，可以助他一臂之力。」

上官明月道：「我也要抓耶律德光。」

莊森想一想：「你們各有人脈，可以一起合作。耶律德光畢竟是外族王子，要對付他，不是那麼簡單的。」說完轉身要走。

「師兄不回分舵嗎？」

「過幾天吧。」莊森道。「我累了數日，得找個沒人打擾的地方大睡一場。」

尾聲

三日後，鄰近金州的官道上，一輛載貨馬車悄然而行。車身老舊，貨箱殘舊，幾條破毯子蓋於其上。駕車的是個老人，頭戴斗笠遮陽，帽簷壓低，瞧不清楚長相。他遠離人群，默默趕路，盡量避免引人注目。遇上前方有幾名官兵巡邏，瞥眼間也認不出是哪方人馬，他停下馬車，假裝喝水休息，等官兵走遠，這才慢慢上路。

正當他看見道上前後無人，自覺鬆了口氣後，林間突然傳出哨音，官道兩側跳出六名持刀大漢。爲首之人高壯粗獷，身披狼皮，惡形惡狀，模樣唬人。就聽他「哇哇」兩聲，刀指馬車，說道：「此路是我開，此樹是我栽，若要由此過，留下買路財！牙蹦半個說不字，一刀一個不管埋！哇！」

老人嚇得差點摔下車，顫抖道：「大……大……大王，我這……你饒了我吧！我就這點家當，給了你們，我還怎麼活呀？」

毛賊頭子道：「老子幹起這門買賣，不是你死就是我亡！人可以走，把車留下！」

老人哇的一聲，哭了出來。六個毛賊想不到他沒點骨氣，說哭就哭，一時倒也手足無措。正當此時，破風聲起，眾毛賊哇哇亂叫，紛紛中石倒地。毛賊頭子有點本事，揮刀亂舞，擋下小石，跟著大刀脫手而出，落在三丈之外。賊頭張嘴欲言，胸口連中兩石，穴道受封，倒地不起。

老人驚嚇過度，目瞪口呆。這時車座右側突然走出一人，翻身上車，嚇得老人當場撒尿。那人坐在老人身旁，笑容滿面地看著他，說道：「崔總管，莊某救你一命，何以嚇得屁滾尿流？」

那老人便是前宰相府總管崔均。崔均語氣顫抖，輕聲道：「莊……莊大俠……你饒了我吧……」

莊森搖頭：「崔總管怕得如此厲害，想是幹了虧心事？」

崔均涔涔淚下，口不能言。

「皇城使王建勳、飛龍使陳班、閤門使王建襲、客省使王建乂、前左僕射張濬、京兆尹鄭元規，還有崔胤崔大人。」莊森一一數來。「崔總管說過要爲新禁軍案負責的諸位大人，過去三日內皆已伏誅。崔總管料事如神，莊某佩服佩服。」

「是我的錯，是我害死他們。」崔均道，「我也只求一條生路罷了。」

「你活下來了。離開長安了。」莊森拍他肩膀，又說：「據我所知，梁王府信守承諾，並未派人處置你。你這下是眞的脫身了，值不值得？」

崔均低頭哭泣，哽咽道：「我也……只求一條生路……」

莊森看了他一會兒，放開他肩膀，轉頭望向躺在地上的六名毛賊，嘆道：「亂世之中，大家爲求生路，什麼事都肯做。這幾位老兄攔路打劫、崔總管賣主求生……我呢？我就毫無證據胡亂懷疑人，一廂情願相信我想相信的事。」他自懷裡拿出一條手絹，遞給崔均。「別哭了，崔總管。哭哭啼啼的不像你。」

崔均拭淚道：「我忠心崔府二十餘年，經歷黃巢之亂、廢黜太子、鳳翔兵變、屠戮宦官，崔大人一切作爲，我都知情、都參與。我是個不懂判斷是非對錯的人，只想跟著大人辦事，把道德善惡交給大人決定。我不知道崔大人是何時走岔的，但我早就知道他走岔了。這條岔路越走越遠，我早已不指望能走回正途，只求能夠安安穩穩走到盡頭。」

「嗯。」莊森不置可否，「慢慢走吧。」他接過崔均手中的馬韁，吆喝兩聲，催馬啓程。

崔均愣愣看他，片刻後道：「莊大俠，還記得你第一次來長安時，我去客棧託你辦事？」

莊森點頭：「崔總管要我去太原晉王府迎太子。」

崔均問：「莊大俠還願去迎嗎？」

莊森看路駕車，想了一會兒，道：「長安如此情勢，迎太子回來，難道不是要他的命嗎？」

崔均道：「但堂堂大唐太子，落入藩鎮手中，成何體統？」

「當今天子難道就不在藩鎮手中嗎？」莊森問。「我說崔總管，你既然脫身了，就別再管這些事情。從此國家大事與你無關，找個地方安享晚年吧。」

崔均神色困惑：「你……你不是來殺我的？」

「殺你？」莊森搖頭，「或許看來不像，但我莊森並非殺人如麻的大魔頭。」他往後一比，「那六個毛賊，我也只是打昏他們而已。我這輩子殺的人都有可死之道。崔總管跟他們比起來，差得遠了。」

「那……那莊大俠爲何要跟蹤我？」

「因爲你終於脫身了。」莊森道。「這麼多大人爲了讓你脫身而付出性命，我可不樂見你不明不白死在道上。我會護送你前往金州，之後你是要擇地隱居，還是想幹什麼，我就不管了。總之你記住，你的餘生是很多人用命換來的。你給我好好活下去。」

崔均愣了老半天，最後說道：「多謝莊大俠。」

「不必客氣。」莊森抬頭看天，又道：「算算路程，傍晚前可抵達金州。咱們找間客棧安頓一宿，借他們的伙房下碗麵吃。」

「莊大俠喜歡下麵？」

「我下麵可好吃了。這一年東奔西跑，難得有機會自己下麵吃。」莊森笑道。「我們庸碌一生，求的不過就是日落西山之後，能夠自己下碗麵吃。是吧？」

「是呀。」崔均緩緩點頭，「莊大俠說得甚是。說得甚是。」

《馬球案》全書完

後記

我這些年主要的工作是在翻譯小說。想要寫自己的小說，必須利用翻譯的空檔才行。所以之前我都是維持一年寫一本小說的速度在創作。其實，一年寫一本只能算是玩票性質的創作產量，很難持續累積任何東西。多年來我一直想要增加創作量，但是始終沒有成功。除了白天的工作已經要面對文書處理程式一整天外，還跟我老是喜歡去嘗試各式各樣不同型態的創作形式有關。

總之，《馬球案》的創作期間落在二〇一九年年中，我一本小說翻譯完成，下一本翻譯小說還沒到案的空檔。當時創作《馬球案》的心情是很興奮也很忐忑的，因爲那正好是《左道書》本傳三部曲在緊鑼密鼓製作的時候。《馬球案》是第一篇本傳故事完結後的單篇故事。當初設定是想以《左道書》的時代背景發展出各自獨立、單本完結的故事。故事本身不需要以原先的主角莊森爲主軸，甚至不需要跟玄日宗扯上關係，可以是那個時空背景中任何一個人物的故事。不過設想《馬球案》時，由於有必要交代本傳之後的發展，並且做好前後呼應的連接，所以還是以莊森爲主角。至於作爲主軸的歷史事件馬球案也是當時影響時局的大事件，沒有照原先計畫地把格局弄小。其實我認爲亂世中小人物的故事也是很有魅力的，不過我不希望一下子落差太大，於是《馬球案》還是一個牽扯到唐帝國命運的故事。老實說，我也不確定之後會不會眞的以微不足道的小人物當主角，畢竟《左道書》留下來沒徹底收尾的人物就很多了，光是牽扯到他們的事蹟就可以是無限題材呀。

說起單篇武俠小說這件事，其實當初初版的《左道書》就是單本完結的故事。當我們決定把它發展成系列時，我第一個構想就是（最簡單的做法）直接用初版《左道書》當第一集，之後的集數都以單篇故事發展。這個構想立刻就被否決了。一來是因爲初版《左道書》本來就有著收尾太快的缺點；二來是因爲覺得武俠小說還是先來個厚厚的好幾本再說。總之，《左道書》接下來的發展都是一集一個完整的故事，彼此間會有前後關係，也有事件穿插，不過沒看前後集也不會有太大影響。

《馬球案》中新出場的長安分舵人馬劉大光、上官明月等人其實對我而言並不是第一次出場。他們首度出現在我自己用 Unity 製作的文字角色扮演遊戲裡。那個故事是在講述孫可翰的徒弟（玩家自定姓名）初出茅廬，協助大理寺調查長安某錢莊，最後牽扯荊州鑄錢案，被長安分舵的人追殺，導致孫可翰家「浩然莊」焚燬之事。我本來想在《左道書》出版的同時上架那個免費遊戲的，但最後覺得遊戲性不夠強而作罷。儘管遊戲沒有發表，撰寫《馬球案》期間，那個故事都在我腦中成爲背景故事。

上官明月是不是該跟莊森有所發展呢？寫這個故事時也有考慮過這個問題。我認為莊森不是個坐懷不亂的大君子，畢竟他的第一次就是在美女坐懷下給亂掉了。不過他在那個時間點上還沒有從受到趙言楓玩弄及月盈的遠距離愛情中走出來，所以比較不容易對女人心動。其實既然要展開成單元劇了，我也很想讓莊森一集換個女人來曖昧，畢竟那是男人的浪漫呀。不過理性上而言，我不會這麼做就是啦！理性上而言……

馬球案過後，朱全忠整個肆無忌憚了起來，昭宗皇帝岌岌可危。天下即將天翻地覆，大家都拚命要在夾縫中求生存。這樣的背景下還會發生什麼故事呢？且聽我娓娓道來……

戚建邦　二〇二〇年十一月五日

國家圖書館出版品預行編目資料

馬球案 / 戚建邦 著.——初版. ——
台北市： 蓋亞文化，2020.12
冊； 公分
ISBN 978-986-319-522-1（平裝）

863.57 109019673

馬球案

作　　者 戚建邦
封面插畫 蘇姿伊
封面裝幀 莊謹銘
責任編輯 盧琬萱
主　　編 黃致雲
總 編 輯 沈育如
發 行 人 陳常智
出 版 社 蓋亞文化有限公司
地址：台北市103大同區承德路二段75巷35號
電話：02-2558-5438　傳眞：02-2558-5439
電子信箱：gaea@gaeabooks.com.tw
投稿信箱：editor@gaeabooks.com.tw
郵撥帳號 19769541　戶名：蓋亞文化有限公司
法律顧問 宇達經貿法律事務所
總 經 銷 聯合發行股份有限公司
地址：新北市新店區寶橋路二三五巷六弄六號二樓
電話：02-2917-8022　傳眞：02-2915-6275
港澳地區 一代匯集
地址：九龍旺角塘尾道64號龍駒企業大廈10樓B&D室
電話：+852-2783-8102　傳眞：+852-2396-0050
初版一刷 2020年12月
定　　價 新台幣250元
Published and printed in Taiwan

GAEA
ISBN / 978-986-319-522-1

八百擊

好故事，一擊入魂！

八百擊

好故事，一擊入魂！